초소년

초소년

홍정기 지음
초판 1쇄 발행일 2024년 6월 28일
펴낸이 이숙진 펴낸곳 (주)크레용하우스 출판등록 제1998-000024호
주소 서울 광진구 천호대로 709-9 전화 (02)3436-1711 팩스 (02)3436-1410
인스타그램 @bizn_books 이메일 crayon@crayonhouse.co.kr

▪ 빚은책들은 재미와 가치가 공존하는 ㈜크레용하우스의 도서 브랜드입니다.
▪ KC마크는 이 제품이 공통안전기준에 적합하였음을 의미합니다.

ISBN 979-11-7121-070-1 04810

초소년

빗은
책들

프롤로그

책상 위 스탠드 조명만이 유일하게 어둠을 밝히는 방 안.

자정이 훌쩍 넘은 시간임에도 키보드를 두드리는 소리가 고요한 방 안을 채운다.

'띠리링.' 휴대폰 문자 수신음이 적막을 가른다.

신경질적으로 키보드에서 손을 내려놓았다.

"젠장. 한창 집중하고 있었는데…….."

작은 탄식과 함께 두 손으로 마른세수를 했다.

무음으로 바꾸는 걸 깜빡하다니. 나란 놈은 아직 소설가라는 자각이 없구나.

나는 집중을 깨트린 원흉인 휴대폰으로 손을 뻗었다.

"누구야. 이 밤중에 매너도 없이…….."

휴대폰을 조작해 문자앱을 열었다. 출판사 편집부에서 보낸 문자였다.

'이 밤중에 무슨 일이지?'라는 의문과 함께 천천히 수신된 문자를 터치했다.

화면이 전환되고 문자의 전체 내용이 펼쳐졌다.

안녕하세요. 작가님. 편집부 이은상입니다.

밤늦게 죄송합니다만, 새로운 소식이 있어 실례를 무릅쓰고 연락드렸습니다.

작가님께서 말씀하신 분을 찾아봤는데요. 어렵게 그분의 소식을 알아냈습니다.

나는 빠르게 문자를 훑어 내려갔다.

안타깝게도 그분은 몇 년 전에 돌아가셨다고 합니다.

작가님께서 기다리던 소식이 아니라 죄송합니다.

문자 아래로 '[부고알림] 천안삼거리국화원장례식장'이라는 링크가 첨부돼 있었다.

아마도 몇 년 전 그분이 돌아가시고 지인에게 발송된 부고 문자이리라.

별다른 기대 없이 흘리듯 한 말을 편집부에서는 꽤 중요하게 받아들이고 찾고 있었나 보다. 그런 의미에서 편집부 담당자에게 고마운 마음이 일었다.

다시 문자로 시선을 내렸다.

어렴풋이 짐작하고 있었다. 그럼에도 다시 한번 마음을 다잡을 시간이 필요했다.

나는 두세 차례 크게 심호흡했다. 그리고 떨리는 손으로 문자의 '부고 확인하기'라는 링크를 터치했다.

화면이 전환되고.

눈에 비치는 고인의 사진에 나는 시간이 멈춘 듯 그대로 굳어버렸다.

순간 따가운 햇살이 내리쬐던 그날의 언덕이 머릿속에 펼쳐졌다.

길다면 긴, 짧다면 짧은 유년의 회상이 끝나고.

미처 의식하지 못한 채 모니터 화면으로 시선을 던졌다.

어때요? 솔깃하지 않나요? 네?

커서가 마지막 문장 옆에서 규칙적으로 점멸했다.

처음 소설가가 되기로 결심한 이후로 참으로 지난한 날들이었다.

첫 작품집은 내 이야기를 쓰리라 마음먹었었다.

유년 시절 내가 겪은 일들. 이제는 추억으로 아스라이 사라져 가는, 나 '정충호'의 이야기를 쓰기로.

천안 초등학교.

소년 탐정단.

코난.

명탐정 은기.

그리고,

우리가 겪었던 미스터리한 사건들.

이 책은 내 청춘의 기록이자 유년의 내게 보내는 노스텔지어다.

다만,

이 부고 문자로 더욱 확실해졌다.

내가 알던 세상이 전부가 아니었음을,

이제는 확실히 알 것 같다.

차례

첫 번째 작품

추 적

그때를 생각하면 지금도 손끝이 떨려온다.

살아 있는 짐승의 배에 칼날을 쑤셔 넣을 때

손끝에 전해지던 미세한 근육의 떨림을,

칼날을 타고 흘러 손을 적시던 따뜻한 혈액을,

콧속을 파고드는 비릿한 피 내음을,

죽어가는 짐승의 잦아드는 심장 박동에서

힘차게 펄떡이는 내 심장의 고동을 느끼며

나는 비로소 살아 있음을 알게 된다.

"엄마 일 나가니까 배고프면 냉장고에서 볶음밥 데워 먹어. 알겠지? 넉넉히 만들어 놨어. 아마 두세 번 먹어도 모자라진 않을 거야. 오늘은 일 끝나는 대로 여섯 시에 올 거야. 그때까지 얌전히 있어."

"응. 알았어. 어서 가."

은기는 현관 앞에서 서둘러 구두를 신는 엄마를 배웅했다.

"뭔 일 있으면 꼭 전화하고. 엄마 올 때까지 나가지 말고 집 잘 보고 있어."

에휴, 뭐가 그리 걱정인지 엄마는 현관문을 나서기 전까지 계속 잔소리를 늘어놓는다. 은기는 직접 현관문을 열고 엄마의 등을 떠밀었다.

"어머, 얘가 왜 이래. 엄마 말 귓등으로 흘려듣지 말고. 둘이 잘 있고, 약 챙겨 먹여. 무슨 일 생기……."

쾅! 엘리베이터가 오기를 기다리며 잔소리하는 엄마를 뒤로하고 은기는 서둘러 현관문을 닫았다.

"이제야 조용하네. 슬슬 준비해볼까?"

서둘러 방 안으로 들어간 은기는 초등학교 1학년 때부터 쓰던 소풍용 배낭을 꺼내 왔다. 배낭 지퍼를 열고 거꾸로 쏟아붓자 수수깡 조각이며 색종이 조각이 거실 바닥으로 나풀나풀 떨어져 내렸다. 현재 시각 8시 30분. 약속 시간은 10시니까 아직 여유가 있다. 은기는 다시 방으로 들어가 수첩과

연필을 가져왔다. 사건 조사에 없어서는 안 될 준비물이 바로 수첩과 연필이다.

"아! 플래시!"

갑자기 떠오른 듯 은기가 거실 TV장 서랍을 열었다. 온갖 잡동사니 속에 소형 플래시가 끼어 있었다. 은기는 플래시를 배낭 안에 쑤셔 넣었다. 조사 중 출출하면 먹을 바나나 두 개와 과자 그리고 마실 물을 넣은 물통 역시 차곡차곡 배낭에 담았다.

얼마 넣지도 않았는데 벌써 배낭이 터질 듯 불룩해졌다.

이번 생일에는 엄마한테 큰 배낭 좀 사달라고 해야지. 언제까지 이런 유치원생이 멜 만한 코딱지만 한 배낭을 메야 하는 건지…….

시험 삼아 배낭을 메고 거실 거울에 모습을 비춰봤다.

영 모양새가 안 났다. 등 한복판에 혹이 달린 것 같았다. 언젠가 TV에서 본 노트르담의 꼽추가 거울 너머에 구부정하게 서 있었다. 하지만 배낭이라곤 이것밖에 없으니 어쩔 도리가 없다.

은기가 거울 앞에서 배낭을 이리 비추고 저리 비추던 사이 작은방 문이 벌컥 열렸다.

"오빠, 진수기 배고파. 밥 줘."

진숙이 눈을 비비며 밥을 찾았다. 눈 뜨자마자 밥을 찾다니 역시 대단한 먹성이다. 보기에는 전혀 그렇게 보이지 않는데. 차라리 잘됐다. 괜히 조사 중에 배고프다고 조르느니 집에서 많이 먹이고 나가는 게 좋을 듯싶다.

일단 엄마가 말했던 볶음밥 두 그릇을 전자레인지에 넣고 타이머를 맞췄다.

잠시 후 띠링 소리가 들렸다. 진숙은 그사이를 못 참고 식탁 위에 꺼내놓은 반찬을 집어 먹었다. 진숙의 앞에는 온통 흘린 반찬들로 지저분했다. 다른 사람이라면 얼굴을 찌푸리겠지만 은기에겐 익숙한 풍경이다. 은기는 괘념치 않고 따뜻하게 데운 볶음밥을 진숙 앞에 놓았다.

"뜨거울지도 몰라. 천천히 후후 불어서 먹어."

그러나 은기의 말이 무색하게 진숙은 숟가락을 푹 떠서 김이 모락모락 나는 밥을 입안 깊숙이 넣었다.

"앗뜨! 앗뜨, 앗뜨뜨!"

외마디 비명에 이어 진숙은 곧바로 입에 넣었던 밥을 도로 그릇에 뱉어냈다. 이어서 혀를 쭉 내밀고 손바닥으로 연신 바람을 부쳤다.

"아이고, 내가 식혀 먹으랬잖아."

은기는 머그컵에 미지근한 물을 따라 진숙 앞으로 밀었다. 진숙이 허겁지겁 컵에 담긴 물을 마시는 사이 은기가 볶음밥 그릇을 가져와 입으로 후후 불어 식혔다. 어느새 진숙은 숟가락을 꼭 쥔 채 은기를 뚫어져라 쳐다봤다.

"자, 내가 좀 식혔어. 이제 천천히 먹어."

다시 진숙이 볶음밥을 푹 떠서 입에 넣었다.

"아, 마시써!"

진숙이 밥숟가락을 입에 물고 함박웃음을 띠었다. 그제야 은기도 앞에 놓인 볶음밥을 입에 떠 넣었다.

"오늘 밖에 나갈 거니까 내 옆에 꼭 붙어서 잘 따라다녀야 해. 알았지?"

은기의 말에 진숙이 고개를 세차게 끄덕였다. 양 볼이 불룩한 진숙의 기분이 무척 좋아 보였다.

한바탕 식사를 마치고 외출 준비를 하니 어느덧 10시가 다 되었다. 은기는 진숙에게 약을 먹이고 화장실에서 소변을 누인 뒤에야 집을 나섰다.

"왔어?"

엘리베이터를 타고 온 은기가 1층에 내리자 충호가 반갑게 맞이했다.

"어, 벌써 와 있었네."

은기가 손을 들어 충호에게 화답했다.

"어?"

뒤따라 나오는 진숙을 본 충호가 살짝 눈살을 찌푸렸다. 그 시선을 알아챈 은기가 잽싸게 설명했다.

"집에 아무도 없는데 혼자 둘 수 있어야지. 내가 최대한 돌볼 테니까 이해 좀 해주라. 오키?"

체념한 듯 충호가 고개를 흔들며 말했다. "그렇담 어쩔 수 없지 뭐."

은기가 제 뒤에서 우물쭈물하는 진숙을 돌아보며 말했다. "충호 오빠 알지?"

진숙이 고개를 끄덕였다. 은기가 손으로 충호를 가리키며 다시 말했다.

"어, 충슨. 충슨이라고 부르면 돼. 괜찮지, 충슨?"

충호가 엄지와 검지를 맞대고 오케이 사인을 했다.

"그래. 오키! 셜기! 흐흐흐."

"풉. 하하하."

아파트 1층 복도에 웃음소리가 진동했다.

은기는 천안 아파트 101동 701호 그리고 충호는 같은 동 101호에 살았다. 유치원 때부터 같은 아파트였던 충호와는 초등학교에 들어가서 더욱 찐친이 되었다. 평소 '명탐정 코난'에 심취해 있던 둘은 열 살이 되던 초등학교 3학년, 또 같은 반이 되자 커다란 결심을 했다. 바로 코난에 나온 소년 탐정단을 창설하는 것이다. 그리하여 창설자인 은기는 셜록 홈즈의 셜록과 자신의 이름인 은기에서 한 글자씩 따 '셜기'

로, 충호는 왓슨을 합성해 '충슨'이라는 닉네임을 지었다.

비록 어설픈 탐정단이지만 창설 후 나름의 성과도 올렸다.

아파트의 골칫거리였던 쓰레기 무단 투기범을 붙잡은 것이다. 의뢰자는 은기의 엄마였다. 언제부턴가 아파트 입구에 마련된 쓰레기장에 규정 쓰레기 봉지가 아닌 일반 봉지에 담긴 쓰레기가 버려졌다. 당연히 규정 봉지가 아닌 데에 담긴 쓰레기는 수거업자가 가져가지 않았다. 며칠이 지나니 버려진 일반 쓰레기가 쌓여갔다. 더군다나 적치된 봉지의 찢어진 틈에서 음식물 쓰레기 국물이 흘러나오기 시작했다. 일반 쓰레기 투기로도 모자라 음식물 쓰레기까지 함께 넣은 것이다. 6월의 햇살을 받으며 썩어가는 쓰레기 국물은 부글부글 끓어올랐고 엄청난 악취를 풍겼다.

범인은 좀처럼 찾을 수 없었다. 인적이 뜸한 새벽에 몰래 버리는지도 몰랐다. 준공한 지 30년이 다 돼가는 낡은 아파트다. 몇 개 안 되는 CCTV에 쓰레기장은 비치지 않았다. 사실 CCTV에 찍혔다고 해도 조악한 화소 수로는 누가 누구인지 분간조차 할 수 없었으리라.

첫 의뢰는 일을 마치고 돌아온 엄마가 무심코 입구에서 풍겨오는 악취 이야기를 은기에게 전했을 때 성사됐다. 정식 의뢰는 아니었다. 아니, 엄마는 탐정단의 존재조차 몰랐다. 하지만 은기는 정식 의뢰나 마찬가지라고 여겼다. 은기 역시 아파트 입구를 지날 때면 코를 틀어막아야 했던 데다가 탐정단이 첫 번째 성과를 내기에 적격인 사건이라 생각했기 때문이다.

다음 날부터 은기와 충호는 함께 썩어가는 쓰레기 봉지를 뒤지기 시작했다. 엄습하는 악취를 막으려고 코에는 빨래집게를 꽂는 세심함도 있었다. 봉투를 바닥에 풀어 헤치며 이 잡듯 쓰레기를 뒤지다가 마침내 은기가 범인의 흔적을 잡아냈다. 주소가 프린트된 찢긴 택배 송장 조각을 발견한 것이다. 장장 30분의 사투. 입고 있던 티셔츠가 흠뻑 젖어들던 때였다. 은기가 가까스로 찾아낸 증거로 분위기는 반전됐다. 은기와 충호는 다시금 초인적인 집중력을 발휘해 수십 개로 조각난 송장을 거의 완벽하게 찾아냈다. 그리고 한 시간여의 시간을 들여 송장 조각을 일일이 이어 붙였다.

그렇게 찾아낸 범인은 101동 901호였다. 재작년 남편을 떠나보내고 연로한 할머니 혼자 사는 집이었다.

소년 탐정단은 조각조각 이어 붙여 너덜너덜한 송장을 들고 당장 경비 아저씨를 찾아갔다. 경비 아저씨는 이내 결연한 얼굴로 인터폰을 집어 들었다.

그 후 더는 901호의 쓰레기 무단 투기를 볼 수 없었다.

탐정단의 노력으로 마침내 범인을 잡아낸 순간이었으며, 그들 손으로 이룩한 첫 번째 성과였다. 난장판이 된 바닥도 온전히 그들 손으로 치워야 했지만 말이다.

모두가 꺼리는 일을 나서서 해결한 후에 찾아온 성취감은 예상보다 달콤했다.

'하라는 공부는 안 하고 대체 뭐 하는 짓이니?'

엄마는 대놓고 은기를 나무랐지만 엄마 얼굴에 떠오른 웃음은 가시지 않았다.

그렇게 첫 번째 성공을 자축한 지 얼마 지나지 않아 여름 방학이 시작됐다.

하루 종일 집에만 붙어 있어 몸이 뒤틀리던 은기에게 천금 같은 두 번째 의뢰가 들어왔다.

두 번째 의뢰인은 바로 은기의 절친이자 탐정단 조수인 충호였다.

"큰일 났어. 우리 집 코난이 잠깐 청소하느라 거실 창문을 열어놓은 사이 집을 나가버렸어."

코난은 충호가 키우는 검정 얼룩 고양이다. 사실 고양이가 집을 뛰쳐나가는 건 그리 특별한 일은 아니다. 고양이는 스스로 주인을 찾는다고 하지 않던가. 은기는 오른손으로 턱을 쓰다듬으며 셜록에 빙의한 듯 날카롭게 이야기했다.

"코난이 충슨 네가 싫어서 다른 주인을 직접 찾아 나선 거 아닐까?"

"얌마! 그럴 리 없어. 내가 얼마나 살뜰하게 보살폈는데……."

"맞아. 코난은 그게 싫었던 거 아닐까?"

"뭐, 뭐라고?"

심각했던 은기의 표정에 웃음이 배어났다.

"농담이야, 농담. 그렇다면 우리 탐정단의 두 번째 사건은 이거다. 코난을 찾아라! 네가 공식적으로 사건을 의뢰한 거야. 오키?"

"그게 그렇게 되나. 아무튼 상관없어. 꼭 찾아줘."

그렇게 여름 방학의 막바지에 소년 탐정단의 두 번째 미션이 시작됐다.

처음에는 금방 찾을 수 있으리라 생각했다. 그러나 현실은 생각처럼 녹녹지 않았다. 아파트 주변을 돌며 목 놓아 코난을 외쳐도, 충호 집 1층 발코니에 코난이 좋아하는 육포와 통조림을 놓아도 사라진 코난은 찾을 수 없었다. 심지어 충호의 베란다에는 오라는 코난은 오지 않고 온갖 잡새가 몰려들어 흥겨운 만찬을 즐겼다. 난간에 싸놓은 새똥 탓에 때아닌 곤욕을 치러야 하기도 했다.

그러던 중 반드시 코난을 찾아야 할 충격적 사건이 발생했다.

아파트의 뒷산인 월봉산으로 통하는 뒷문 근처에서 끔찍하게 훼손된 고양이 사체가 발견된 것이다. 고양이는 총 세 마리. 온몸이 상처투성이로 죽은 고양이는 하나같이 날카로운 흉기에 의해 배가 세로로 찢겨 있었다. 게다가 기괴하게도 내장이 전부 사라진 채였다. 주말 아침에 산책을 하러 아파트 뒷문을 나서던 302호 대학생 누나의 찢어지는 비명이 아직도 은기의 귓가에 생생했다. 이 엽기적 사건으로 천안 아파트는 발칵 뒤집어졌다. 사건 직후 경비 아저씨가 아파트와 주변을 샅샅이 조사했지만, 범인의 흔적조차 찾을 수 없었다고 했다.

천안 아파트는 단 한 동으로 이루어진 15층 아파트다. 뒤로는 월봉산과 면해 있고 앞에는 논을 낀 2차선 도로를 지나야 아파트로 들어올 수 있는 구조다. 허허벌판에 우뚝 선 아파트랄까. 위치, 접근성 등등 여러 정황으로 미루어 범인은 외부인이 아닌 내부인일 가능성이 컸다. 뒷문 부근에 설치된 CCTV에 의심되는 장면은 없었다. 최소한 사물을 분간할 수 있는 낮에는 말이다. 20년도 더 된 구형 CCTV는 야간 적외선 기능이 아예 탑재되지 않았다. 암흑천지인 야간에 CCTV는 플라스틱 모형이나 다름없었다.

아파트 주민이 주목하고 있는데도 불구하고 이후로도 한두 차례 더 고양이 사체가 발견됐다. 사체 상태는 처음과 같았다. 아파트 주변을 배회하는 길고양이를 혐오하던 입주민도 고양이 사체가 연이어 발견되면서 문제의 심각성을 깨닫기 시작했다. 아파트에서 몰래 고양이 먹이를 주던 캣맘을 비롯해 아파트 입주민 전체가 엽기적 사건에 분노했다. 이후 경비 아저씨와 캣맘, 캣파파로 이루어진 자경단이 조직됐으나 기대와는 달리 별다른 성과는 내지 못했다. 범인은 여전히 오리무중이었다. 다만 사체는 금요일에서 일요일 사이에 주로 발견됐다.

엽기적인 고양이 시신 유기 사건 직후 충호의 걱정은 더욱 깊어졌다.

"이러다 우리 코난도 미친 고양이 살인귀의 손에 죽을지도 몰라!"

은기도 그런 충호의 걱정을 아무렇지 않게 넘길 수 없었다. 어차피 범인은 내부인이다. 은기는 아파트에 살고 있으며 범인일 가능성이 있는 용의자를 색출하기로 했다. 은근한 관찰, 깊이 있는 논의 끝에 세 명의 용의자가 탐정단의 레이더망에 걸려들었다.

첫 번째 용의자. 101동 901호 한옥자 할머니.

예의 쓰레기 투기 사건의 범인으로 평소 신경질적이며 고양이를 포함해 동물을 몹시 싫어함. 옆집 902호에서 키우는 강아지 짖는 소리 때문에 분쟁 중. 성향상 고양이 우는 소리도 몹시 싫어했을 것. 쓰레기 투기 사건 발각 등 그동안 쌓인 스트레스를 고양이에 풀었을지도 모름.

두 번째 용의자. 101동 401호 강철호 아저씨.

사십대. 몇 년째 무직. 미혼. 직장을 찾지 못해 쌓인 스트레스가 상당할 것. 거친 말투와 모난 성격으로 아파트 내에서도 기피 대상. 밤마다 울어대는 고양이 울음소리에 캣맘들이 아파트 내에 먹이를 놓지 못하도록 하라며 경비실에 항의한 적 있음. 범인일 가능성 높음.

세 번째 용의자. 101동 602호 김훈 형.

쌍용 중학교 3학년. 고입 시험을 앞두고 학업 스트레스가 쌓여 있음. 엘리베이터에서 만나도 눈 한 번 마주치지 않고 내내 작게 욕설을 읊조림. 사회에 불만이 많아 보임. 얼마 전 버스 정류장에서 개미나 풍뎅이 등 곤충을 잔인하게 짓이겨 죽이는 모습을 목격. 학업 스트레스를 고양이에 풀 수도 있음.

고양이 사체가 발견된 뒷문 부근에 피 웅덩이는 없었다. 실질적인 범행은 다른 곳에서 벌어졌다는 말이다. 시야가 탁트인 논바닥을 배제한다면, 범행이 벌어졌을 장소는 아파트 뒷산밖에 없다. 용의자 세 명을 내내 따라다니며 감시하면 좋겠지만 소년 탐정단의 여건상 그건 무리였다. 어쩔 수 없이 금요일인 오늘 충호와 함께 범행을 저질렀을 것으로 예상

되는 아파트 뒷산을 이 잡듯이 뒤지기로 했다.

살육은 중독이다.

살아 있는 생명을 내 손으로 끊어내는 전능감.

신이 내린 생명을 오로지 나의 의지로 앗아가는 행위.

그 순간 나는 인간이 아닌 신이 된다.

은기는 충호와 함께 아파트 1층 정문을 빠져나왔다. 문밖 초소 앞에서 901호 할머니와 이야기 중이던 경비 아저씨가 말을 멈추고 정문 앞에 서 있는 탐정단을 바라봤다. 경비 아저씨를 따라 할머니도 탐정단 쪽으로 시선을 돌렸다. 할머니가 굳은 표정을 풀고 은기를 보고 고개를 살짝 숙였다. 은기도 할머니와 경비 아저씨에게 허리 숙여 인사했다.

"어디 가니?"

경비 아저씨가 물었다.

"아, 친구랑 뒷산에서 곤충 채집하려고요. 여름 방학 숙제거든요."

머뭇거리는 충호 대신 은기가 순발력 있게 둘러댔다.

"네. 맞아요." 충호가 서둘러 고개를 끄덕였다.

"아파트에 흉흉한 사건이 벌어지는 거 알지? 너무 깊이 들어가지 말고 조심해야 한다."

"네!"

합창하듯 대답한 아이들은 서둘러 아파트를 빙 둘러 뒤편으로 향했다.

"은기 오빠, 기다려. 가치 가. 헉헉."

진숙이 헐떡이며 앞서가는 은기에게 손을 뻗었다.

"아, 미안, 미안. 우리가 너무 빨랐지?"

은기가 되돌아가 뒤처진 진숙의 속도에 맞춰 걸었다.

몇 분 뒤, 어느덧 뒷산으로 통하는 뒷문에 다다랐다.

높다란 담장 사이로 작게 뚫린 공간에 초라하게 녹이 슬어가는 낡은 빗살 철문이 걸려 있었다. 빗살 사이로 뒷산으로 통하는 수풀 진 오솔길이 보였다. 음침하게 그늘진 철문 안쪽과는 달리 철문 밖 오솔길에는 내리쬐는 8월의 태양이 이글이글 작열했다.

앞장선 충호가 철문 문고리를 잡았을 때였다.

"에잇, 씨발. 씨발."

어디선가 작은 목소리로 욕설하는 소리가 들렸다.

"네가 욕했어?" 충호가 돌아서며 물었다.

은기는 재빨리 검지를 입에 붙여 조용히 하라는 신호를 보냈다. 충호는 '헙' 하며 손바닥으로 자신의 입을 틀어막았다.

"씨발. 씨발 조또."

은기가 잠시 귀를 기울이더니 담장 밖을 손가락으로 가리켰다. 그리고 조용히 속삭였다.

"밖. 담장 바깥이야."

은기와 충호가 소리를 죽이고 담장 너머를 보려는 듯 발끝을 들었다. 그러나 담장의 절반도 닿지 않는 그들에겐 헛수고였다.

"에이, 젠장. 안 보여."

"나도. 아우 발목 아파."

"아랫집 오빠자나."

아래층이라면 602호 김훈 형이었다. 바로 고양이 사건의······.

"유력 용의자?"

은기와 충호의 눈이 번쩍 뜨였다. 그러고 보니 중학교도 여름 방학이다. 아파트 밖에서 욕설을 내뱉는 중학생의 태도가 상당히 수상쩍어 보였다. 은기와 충호가 눈을 마주쳤다. 그리고 동시에 고개를 끄덕였다.

은기가 눈치 없는 진숙에게 다가가 최대한 조용히 해달라고 속삭였다. 진숙 역시 이해한 듯 고개를 끄덕였다.

어느새 김훈이 내뱉는 목소리가 멀어졌다.

충호는 서둘러 철문 빗장을 올리고 문을 열었다. 은기가 고개를 쑥 내밀자 저 멀리 책가방을 메고 오솔길을 걸어가는 김훈이 보였다. 탐정단은 재빨리 뒷문 밖으로 나가 우거진 수풀 사이로 몸을 숨겼다. 하늘 높은 줄 모르고 웃자란 잡초는 염탐에는 최적의 조건이었다. 진숙이 함께 있어서 탐정단은 김훈과의 거리를 최대한 벌린 채 조심스럽게 뒤를 밟았다.

산길을 따라 5분쯤 걸었을까? 늦여름 더위는 가혹했다. 정말 우라지게 더웠다. 천천히 걸었음에도 이마에는 땀이 연신 흘러내렸다. 땀으로 흠뻑 젖은 티셔츠가 등짝에 기분 나쁘게 달라붙었다. 충호의 얼굴에도 지친 기색이 역력했다.

슬슬 발걸음이 처지고 지치던 찰나.

김훈이 갑자기 정상으로 향하는 오솔길을 벗어나 인적이 없는 산길로 방향을 틀었다.

아무도 예상치 못한 행동에 은기는 정신이 번쩍 들었다.

그동안 저 산속에서 일을 저질러 왔던 걸까? 저 묵직한 가방 안에 이번에 작업할 고양이가 들어 있을까? 고양이는 잠들어 있을까, 아니면 이미 죽어 있을까? 칼을 든 형을 우리가 제압할 수 있을까? 이거 너무 위험한 거 아냐?

머릿속을 휘젓는 온갖 생각 탓에 은기는 복잡해졌다.

은기의 속을 아는지 모르는지, 김훈은 점점 깊은 산속으로 들어갔다. 제 키보다 훌쩍 높은 나뭇가지들이 햇빛을 차단해 대낮의 산길은 저녁처럼 어두컴컴했다. 구불구불 기괴하게 자란 나무들이 은기를 향해 뻗은 마귀의 손 같아 보였다. 어느새 스멀스멀 공포심이 차올랐다.

"오빠 힘드러."

손으로 이마의 땀을 훔치던 진숙이 나지막이 말했다. 은기가 조용히 진숙의 손을 잡았다. 땅 위로 올라온 나무뿌리와 곳곳에 튀어나온 돌멩이 때문에 신경이 쓰였다. 조용하던 산속에 거친 숨소리가 가득해지자 멀리서 우는 까마귀 소리가 이를 뒤덮었다. 이윽고 기분 나쁜 불안감이 엄습했다.

"이, 이대로 괜찮을까?"

충호가 한숨을 쉬며 말했다.

"우리가 뭘 어쩌자는 건 아니야. 그냥 저 형이 범인이면 증거 사진을 찍고 조용히 돌아가자."

은기가 주머니에 든 휴대전화를 꺼내 보였다.

"멀리서 줌으로 당겨 찍으면 될 거야."

아직 휴대전화가 없는 충호도 이해한 듯 슬쩍 고개를 끄덕였다.

마침내 김훈이 인적이 완전히 끊긴 산속에서 발걸음을 멈췄다. 오솔길에서는 절대로 보이지 않을 깊은 곳이었다. 탐정단은 김훈이 눈치 채지 못하게 커다란 바위 뒤에 몸을 숨겼다. 은기와 충호가 바위 옆으로 고개를 빼꼼히 내밀었다. 김훈은 메고 있던 가방을 벗어 지퍼를 열고 안으로 손을 쑥 집어넣었다. 잠시 후 가방 밖으로 빼낸 손에 시장에서 흔히

볼 수 있는 커다란 검은색 봉지가 들려 있었다. 봉지 안에 든 것이 무엇인지는 몰라도 아래쪽이 두툼한 것이 꽤 묵직해 보였다. 멀리 있어 김훈의 얼굴이 보이지 않았지만 왠지 웃고 있는 것 같았다.

은기의 눈에는 고양이 사체가 담긴 봉지를 들고 있는 악마가 사악한 미소를 짓고 있는 듯했다. 은기는 주머니 속 휴대폰을 꺼내 카메라 모드로 바꾼 뒤 천천히 줌을 당겼다.

줌을 당길수록 화면 속 영상은 확대됐지만 해상도는 낮아졌다. 하지만 김훈의 행동은 식별할 수 있을 듯했다.

김훈은 들고 있던 봉지를 바닥에 툭 던졌다. 바닥에서 작은 흙먼지가 일었다. 봉지는 최소한 새끼 고양이 정도는 될 법한 크기와 무게였다. 그 뒤 김훈은 천천히 주변을 둘러봤다. 아무도 없는 산속인데도 저렇게 주의를 기울이는 건 어떻게 봐도 수상쩍었다.

천천히 주변을 살피던 김훈의 얼굴이 바위를 향했다.

은기는 순간 김훈과 눈이 마주친 것 같았다. 깜짝 놀라 바위 뒤로 몸을 숨겼다. 그런 은기를 본 충호의 얼굴이 파랗게 질렸다. 진숙은 쪼그리고 앉아 나뭇가지로 흙바닥에 낙서를 했다. 은기와 충호는 한참을 그 상태로 굳어 있었다. 귀를 기울였으나 발소리는 들리지 않았다.

잘못 본 것일까?

은기는 다시 천천히 바위 밖으로 고개를 내밀었다. 김훈은 여전히 그 자리를 지키고 있었다. 은기의 착각이었다.

위기를 넘긴 은기와 충호의 은밀한 염탐이 재개됐다.

김훈은 어느새 자리에 쪼그려 앉아 비닐봉지 속을 들여다봤다. 그런데 이상한 일이 벌어졌다. 김훈의 얼굴이 지나치게 봉지에 가까워졌다.

"어? 어? 대체 지금 뭐 하는 거지?"

급기야 김훈의 얼굴이 봉지 속으로 사라졌다. 김훈은 손으로 봉지를 오무려 얼굴에 밀착시켰다. 그러자 봉지가 저 혼자 부풀어 올랐다 꺼지기 시작했다.

"저 형 지금 뭐하는 거냐?" 충호가 호기심에 가득 차 물었다.

은기가 고개를 흔들었다. "나라고 알겠냐? 이 산속에 와서 저게 무슨 미친 짓이냐."

"설마 죽은 고양이 고기를 뜯어 먹는 거 아니겠지?"

"그, 그럴 리가……."

말은 그렇게 했지만 은기도 자신이 없었다. 한여름인데도 오한이 밀려왔다. 충호의 말에 끔찍한 장면이 떠오르면서 온몸에 소름이 돋았다.

"휴대폰으로는 뭐 보이는 것 없어?"

그제야 생각난 듯 은기가 손에 들고 있던 휴대폰으로 김훈을 비췄다. 휴대폰 속 화면의 초점이 맞춰지면서 점차 상이

맺혔다. 크게 확대해 봐도 무엇을 하는지 알 수 없었다.

검은 봉지가 김훈의 얼굴을 집어삼킨 채 여전히 팽창과 수축을 반복했다.

그때 쪼그려 앉은 형의 발아래 뭔가 번쩍이는 것이 은기의 눈에 들어왔다. 은기는 곧바로 휴대폰 카메라를 김훈의 발아래에 맞췄다.

"오, 공…… 본, 드……."

"본드?"

철제로 된 대용량 본드통이었다.

"본드라고? 그걸 저 봉지에 담았다는 거야? 대체 왜?"

충호는 도저히 이해할 수 없다는 표정을 지었다.

"나도 잘 모르겠어." 본드의 역한 냄새가 떠올라 은기는 얼굴을 찌푸렸다. "일단 고양이 살인마는 아닌 것 같아."

실망감에 은기의 힘이 쭉 빠졌다.

"허탈하네. 쩝."

충호 역시 어깨가 축 늘어졌다.

김훈은 봉지를 썼다가 벗는 짓을 몇 번이고 반복했다.

"일단 증거 사진이나 한 장 찍자."

사진이라도 건지자는 마음에 은기는 카메라를 김훈 쪽으로 향했다. 그리고 카메라 버튼을 터치했다.

뒤이어 정적을 깨는 소리.

"찰칵."

카메라 셔터음이 이렇게 큰 줄은 미처 몰랐다.

"누, 누구야? 어떤 새끼야!"

하필이면 형이 봉지 밖으로 얼굴을 빼낸 타이밍이라니. 저 멀리서 김훈의 성난 목소리가 쩌렁쩌렁 울렸다.

"씨발! 빨리 안 나와? 어?"

내지른 고함이 빽빽한 나무에 반사돼 메아리처럼 퍼졌다.

은기는 결연히 진숙의 손을 붙들고 일어섰다. 충호 역시 청바지 무릎에 묻은 흙을 털고 다리를 쭉 폈다.

"진숙아 뛸 수 있지?"

은기가 오래도록 앉아 있던 진숙의 무릎을 주무르며 물었다. 이미 은기의 얼굴은 사색이 되어 있었다. 진숙은 진지한 얼굴로 고개를 끄덕였다.

"튀어!"

은기의 말이 신호탄이 되었다. 탐정단은 김훈을 피해 냅다 달리기 시작했다. 은기는 빨리 달리지 못하는 진숙의 손을 잡고 최대한 속도를 내려 노력했다.

"이 새끼들 누구야. 거기 안 서!"

그제야 바위 뒤로 도망치는 탐정단을 발견한 김훈이 크게 소리쳤다. 아무리 멀다지만 초등학생이 중학생을 달리기로 이길 수 없었다. 은기의 마음에 낭패감이 짙어졌다. 은기는 곳곳에 지뢰처럼 박힌 돌부리를 피해 요리조리 달리는 와중 슬쩍 뒤를 돌아봤다.

도끼눈을 뜬 김훈이 바짝 뒤쫓고 있을 거라 예상한 은기는 깜짝 놀랐다. 김훈이 여전히 제자리에 있었기 때문이다. 아니 오히려 김훈은 탐정단과는 상관없는 방향으로 가려 하고 있었다. 충호도 이상함을 눈치챘는지 멈춰 서서 몸을 휘청거리는 김훈을 지켜봤다.

김훈의 걸음이 이상했다. 마치 코끼리 코 100바퀴를 돈 것처럼 갈피를 못 잡고 비틀거렸다. 이내 몇 발자국 걷지도 못하고 다리가 풀려 그 자리에 철퍼덕 넘어졌다. 길거리에서 술에 취해 주정을 부리는 아저씨들과 똑같았다.

"야이, 개새끼들아! 거기 서라고."

누운 채로 소리를 지르는 김훈은 일어서지도 못하고 허우적댔다.

은기와 충호는 조용히 서서 그 모습을 지켜봤다.

"저 형 갑자기 왜 저러냐? 본드 통에 술을 담아 온 거 아니냐?"

"그러게. 완전 맛이 갔네. 잘됐지, 뭐. 이 틈에 우린 도망가자."

탐정단은 재빨리 온 길을 되짚어 나왔다.

그렇게 얼마나 지났을까.

은기의 마음에 불안감이 싹텄다. 지금쯤이면 진즉 오솔길이 나와야 했지만 아무리 봐도 오솔길은 보이지 않았다. 수풀과 나무가 끝도 없이 계속됐다. 마치 출구 없는 던전에 빠진 것 같았다.

"헉헉. 설기야. 우리 지금 몇 번째 같은 곳을 도는 것 같지 않냐?" 충호가 흙길 위로 튀어나온 바위를 가리키며 말했다. "이 바위 세 번은 본 것 같은데⋯⋯. 아닌가?"

"헉헉. 나도 모르겠어. 이거 어쩌지?"

그때 진숙이 은기의 팔을 잡아끌며 말했다.

"오빠, 나 배고파. 밥 줘."

은기가 손목시계를 보니 1시를 넘기고 있었다. 벌써 점심때가 지났다.

은기는 서둘러 배낭 속에서 바나나와 물을 꺼냈다. 물통의 뚜껑을 열고 건네자 진숙이 달게 받아 마셨다. 은기는 그사이 바나나 껍질을 벗겨 진숙에게 건넸다.

"나도 물 좀 마시자."

충호가 물통을 받아 입으로 가져갔다. 이어서 은기도 차례로 물을 나눠 마셨다.

진숙이 두 개째 바나나를 먹어치우는 사이 은기는 심각한 얼굴로 휴대폰을 살펴봤다.

"젠장. 안테나가 안 떠."

"하하. 이거 진짜 심각한 거 아니냐?"

은기도 걱정이었지만 탐정단의 셜록으로서 약한 소리를 할 순 없었다.

"괜찮아. 한참 걸었으니 이제 거의 다 왔을 거야."

"그, 그렇겠지? 하아."

충호가 희미한 미소를 띠며 대답했다. 이런 곳에서 낙담한 모습을 보이면 더욱 분위기가 안 좋아질 거라는 걸 충호도 아는 듯했다.

"조금만 더 힘내보자고. 진숙아, 괜찮지?"

"어."

가지고 온 과자를 나눠 먹고 잠시 휴식을 취한 탐정단은 다시 힘을 내 걸음을 재촉했다.

침묵의 행군이 시작됐다. 그동안 잘 따라오던 진숙의 얼굴이 눈에 띄게 안 좋아졌다. 숨이 턱까지 차오르는지 호흡이 거칠었다. 은기는 진숙이 걱정되기 시작했다.

"진숙아, 괜찮아? 좀 더 쉬었다 갈까?"

진숙이 고개를 끄덕였다. 탐정단은 또 멈춰 섰다. 멈춰서는 충호의 표정이 안 좋았다. 불만이 가득해 보였다.

"미안하다. 우리 때문에."

"뭐 어쩔 수 없지……."

은기의 사과에 충호가 머쓱하게 대답했다.

아주 가끔,

처음으로 사람을 찔렀을 때가 떠오른다.

혼자 있는 자취방에 침입한 어설픈 강도였다.

잠에서 깬 나를 본 강도는 내 위에 올라타

들고 있던 칼을 내 목 언저리에 바짝 붙였다.

'쉿! 조용히 해!'

강도의 거친 입김에서 시궁창 냄새가 풍겼다.

난 겁에 질린 눈으로 작게 고개를 끄덕였다.

그때 멀리서 지나는 사이렌 소리가 들렸다.

긴장한 강도는 앰뷸런스 소리도 구분하지 못한 듯

고개를 돌려 방 문을 주시했다.

내 목을 누르던 강도의 칼이 느슨해졌다.

난 조용히 베개 아래 숨겨둔 나이프를 잡았다.

기회는 단 한 번뿐.

칼을 쥔 강도의 손을 밖으로 쳐내고

재빨리 나이프를 강도의 목에 쑤셔 넣었다.

나이프의 칼끝이 살갗을 뚫고 강도의 딱딱한 목뼈에 닿았을 때,

내 손에 전해지던 쾌감.

그 쾌감이 내 인생을 송두리째 바꿔놓았다.

"오빠. 나 쉬⋯⋯."

"쉬? 오줌 마려워? 어⋯⋯ 저기 저 수풀 뒤에서 보고 와. 혼자서 괜찮겠어?"

"응."

진숙이 숲 뒤로 사라졌다.

"하아, 너도 참 힘들겠다."

은기가 고개를 돌리자 충호가 측은하게 보고 있었다.

'뭔 일 있으면 꼭 전화하고. 엄마 올 때까지 나가지 말고 집 잘 보고 있어.'

아침에 신신당부하던 엄마의 말이 떠올랐다. 그 말을 하던 엄마의 엄숙한 표정도 그려졌다. 이대로 산에서 길이라도 잃으면 정말 큰일이다. 셜록처럼 번뜩이는 수를 떠올려야 한다. 하지만 위기를 벗어날 방법이 떠오르지 않았다. 머릿속이 꽉 막힌 것처럼 멍하기만 했다.

그런데 진숙이는 왜 이렇게 안 오지?

소변 보러 간 진숙이 시간이 한참 지났는데도 오지 않았다.

"진숙아, 아직도 오줌 싸?"

은기가 진숙이 사라진 숲속을 향해 소리치며 다가갔다. 옆에 있던 충호도 은기 뒤를 따라왔다.

돌아오는 대답은 없었다. 은기는 갑자기 겁이 덜컥 났다. 어떤 상황에서든 진숙과 함께 있었어야 했는데. 후회가 파도처럼 밀려왔다. 은기의 발걸음이 빨라졌다. 어느새 숲을 향해 달리고 있었다. 한 치 앞도 보이지 않을 정도로 우거진 수풀이 은기를 가로막았다.

은기는 거침없이 수풀 사이를 헤치고 안으로 들어갔다.

수풀 너머로 나온 은기는 한동안 말을 이을 수 없었다. 빽빽한 수풀에서 나오자 햇빛이 비치는 널따란 구릉지가 은기를 맞이했다.

"여기는……."

뒤따라온 충호도 깜짝 놀란 듯했다.

"그래. 산 중턱 언덕배기야. 여기선 집으로 갈 수 있어. 하하. 진숙이 덕에 살았어."

"휴, 진짜 다행이다. 이러다 우리 길을 잃고 다 죽는 것 아닌가 했거든."

충호가 진땀을 닦으며 말했다.

"그나저나 진숙인 어디 갔지?"

은기는 이마 위로 손을 짚어 차양을 만들고 완만한 골짜기들을 살폈다. 저 멀리 언덕 아래 작은 꽃분홍이 보였다. 분홍 셔츠를 입은 진숙이었다. 은기는 진숙을 향해 달려갔다.

"진숙아, 그렇게 사라지면 어떡해. 심장 떨어지는 줄 알았잖아."

은기가 원망 섞인 목소리로 말했지만 진숙은 꼼짝하지 않고 언덕 너머를 주시했다. 뭔가 이상했다. 은기는 진숙의 시선을 따라 언덕 너머를 바라봤다.

"셜기, 진숙이 찾았으면 이제 집에 가자…… 흡!"

돌아선 은기가 뒤따라온 충호의 말이 끝나기도 전에 입을 틀어막았다.

"쉿."

분위기를 눈치챈 충호가 고개를 끄덕였다. 그제야 은기는 충호의 입에서 손을 뗐다.

언덕 너머 커다란 떡갈나무 아래, 웬 남자가 쪼그려 앉아 손가방을 뒤지고 있었다. 남자의 벗겨진 머리에서 햇빛이 반사됐다. 멀리 있어 얼굴은 확실치 않았다. 어느 정도 몸집이 있는 두툼한 상체였다. 401호 강철호 아저씨일까? 그동안은 가발을 쓰고 다닌 건가? 남자는 손가방에서 접은 수건을 꺼냈다. 이어서 남자가 수건을 천천히 풀었다. 그러자 수건에 싸여 있던 과도가 모습을 드러냈다. 날카로운 칼날이 햇빛을 받아 번쩍였다.

진짜다. 이번엔 진짜다.

은기는 직감했다.

칼날을 감싼 흰색 수건 안쪽이 온통 검붉었다. 칼날을 쓰다듬는 남자의 어깨가 들썩였다. 웃고 있나?

은기는 저도 모르게 침을 꿀꺽 삼켰다. 분위기가 심상치 않았다. 은기는 충호에게 속삭였다.

"충슨. 너한테 중요한 임무를 줄게. 일단 이 휴대폰을 갖고 내려가서 경찰에 신고해. 그리고 아파트 경비 아저씨랑 어른들 데리고 와. 얼른."

"괜찮겠어?"

충호가 걱정스러운 얼굴로 힐끗 바라봤다가 이내 마음을 다잡은 듯 은기가 건넨 휴대폰을 움켜쥐고 반대편 등산로로 달려갔다. 점차 멀어져가는 충호를 보던 은기는 한순간 위화감을 느꼈다.

왠지 옆구리가 허전하다.

위화감의 정체를 알아챈 은기는 경악했다.

진숙이, 진숙이 사라졌다.

"설마⋯⋯."

조금 전까지만 해도 은기 옆에 있던 진숙이 없다. 급히 고개를 돌려 언덕 너머를 본 은기는 까무러칠 뻔했다. 어느새 진숙이 수상한 남자 근처로 다가간 것이다.

젠장. 은기는 두 손으로 마른세수를 하고 심호흡을 했다.

"뭐야?"

멀리서 남자의 날카로운 목소리가 들렸다. 그와 동시에 은기가 괴성을 지르며 언덕 너머로 번개처럼 달려 나갔다.

"으아아아아아! 기, 기다려."

순식간에 진숙의 앞을 막아선 은기는 허리를 숙여 숨을 골랐다. 온 힘을 다한 달리기에 숨이 턱까지 차올랐다. 어느새 땅바닥에 그늘이 드리웠다. 은기는 슬며시 고개를 들었다. 그늘을 만든 남자를 살펴본 은기는 다리에 힘이 풀리는 것 같았다.

"아, 아저씨?"

"너냐. 701호 꼬맹이."

"아저씨가 왜 여기서……."

은기는 충격에 말을 이을 수 없었다. 과도를 들고 광기에 휩싸인 눈으로 비릿한 웃음을 짓는 남자는 다름 아닌 경비 아저씨였다. 그동안 모자를 쓴 모습만 봐온 탓에 아저씨가 대머리였다는 사실은 미처 몰랐다.

놀란 눈으로 쳐다보는 은기에게 아저씨가 입을 열었다.

"내가 왜 여기서 이러고 있냐고? 그건 다 네 덕분이다. 이 새끼야!"

"저, 저요? 제가 뭘 어쨌다고요."

"네놈이 쓰레기를 무단 투기한 망할 노인네를 잡아낸 바람에 내 신세가 아주 좆 같아졌어. 왜 그런지 알려줄까? 그 노인네가 나한테 앙심을 품었지 뭐야. 사람들 앞에서 개쪽을 줬다나? 그렇게 걸리고 아파트에 소문이 퍼지니 지도 쪽팔렸겠지. 스트레스도 받았을 거야. 근데 말이야. 웃긴 게 뭔지 알아?"

입을 꾹 다문 은기를 바라보며 경비 아저씨가 말을 이었다.

"그 스트레스를 나한테 푸는 거야. 아주 집요하게 말이야. 씨발. 그 망할 노인네가 그때부터 되도 않는 이상한 이유를 붙여가며 날 괴롭히기 시작하더라고. 분리수거가 제대로 되지 않는다느니, 인터폰에 이상이 있다느니 하면서 시도 때도 없이 괴롭히더니 언젠가부터 새벽에 느닷없이 불쑥 경비실에 들어와 졸고 있는 날 보고 근무가 해이하다고 지적질을 해서 밤새 괴롭히지, 밤마다 아기 우는 소리가 들린다고 오라 가라 하지 않나. 사람을 미치도록 들들 볶는 거야. 더군다나 그 망할 노인네가 아파트 입주자 대표라 막 대할 수도 없어. 오늘도 근무 서고 퇴근하려는 날 붙잡고 얼마나 잔소리를 해대던지……. 내가 요 몇 달 동안 몇 킬로나 빠졌는지 알아?"

경비 아저씨가 손바닥을 쫙 펴며 소리쳤다.

"십 킬로야 십 킬로! 이러다 내가 죽겠다고 생각했는데 밤마다 울어대는 아기 울음소리를 찾아냈지 뭐야. 씨발. 망할 고양이 새끼들이더구먼. 그래서 잡아서 쳐 죽였어. 근데 이게 묘하게 기분이 좋아지더라고."

양쪽 입꼬리가 올라간 경비 아저씨의 눈에 광기가 서렸다.

은기의 다리가 후들후들 떨렸다. 오줌이 나올 정도로 무서웠다. 경비 아저씨의 사나운 얼굴을 피해 고개를 내렸다. 그러자 아저씨의 발아래에 쓰러져 있는 고양이가 보였다. 등 쪽에 박혀 있는 한국 지도 같은 검은 반점. 충호가 그렇게 찾아 헤매던 코난이었다. 벌써 죽인 건가. 낙담했지만 미세하게 코난의 배가 오르내렸다. 잠든 것 같았다.

"캣맘들이 주는 밥에 몰래 약을 탔어. 동물용 마취제를. 그러면 배불리 밥을 처먹고 얼마 안 가 픽픽 쓰러지더라고. 그걸 여기로 가져와서 배를 따면 그 안에서 따뜻하고 축축한 내장이 나오는데 얼마나 감촉이 좋던지……. 간혹 마취가 풀리기라도 하면 배때기 사이로 내장을 질질 끌고 도망쳐. 그게 얼마나 귀여운지 너는 모를 거다."

경비 아저씨는 날카롭게 웃어댔다. 은기의 눈에서 눈물이 왈칵 쏟아졌다.

"그, 그런 거 몰라요. 아저씨 이제 이런 짓 그만하고 저희 보내주세요, 네? 내려가면 아무에게도 말하지 않을게요. 정말이에요."

"미안하지만 그건 안 될 것 같구나. 고양이 배를 가르다 보니 느낀 건데 사람 배를 가르면 어떤 느낌이 들지 너무나 궁금한 거 있지. 게다가 나를 이렇게 만든 것도 너니까, 이건 정당한 거야!"

경비 아저씨의 눈과 표정은 이미 정상이 아니었다. 은기의 머릿속에서 경고등이 켜졌다. 사이렌 소리가 미친 듯이 울려 댔다.

이대로는 죽는다. 도망쳐야 한다.

은기는 발아래 있는 커다란 돌을 집어 냅다 아저씨를 향해 던졌다. 그리고 곧바로 뒤돌아 진숙의 손을 잡고 도망쳤다. 돌은 허망하게 포물선을 그리며 아저씨를 크게 빗겨났다.

"이 새끼야, 거기 안 서!"

아저씨가 과도를 들고 걸어왔다. 당황한 은기는 얼마 안 가 땅바닥에 튀어나온 돌멩이를 잘못 밟고 발목을 크게 접질 렸다. 진숙도 은기의 손에 이끌려 함께 땅바닥을 굴렀다.

'투툭.'

발목에서 끊어지는 소리가 난 것 같았다. 은기는 접질린 발목을 부여잡고 땅바닥을 데굴데굴 굴렀다. 고통 탓에 신음 이 절로 터져 나왔다.

"끄으으으윽."

고통으로 감으려던 은기의 눈이 번쩍 떠졌다. 어느새 경비 아저씨가 은기 바로 위에서 과도를 높이 쳐들고 있었다. 날 카로운 칼날이 당장이라도 은기의 가슴팍에 꽂힐 것 같았다.

이렇게 죽는 건가.

순간 은기가 몸을 옆으로 굴렸다. 내리꽂힌 칼날이 땅바닥 과 부딪쳐 소름 돋는 소리를 냈다.

"이 새끼가!"

아저씨는 약이 올랐는지 몸부림치는 은기의 몸에 올라탔다. 은기는 아저씨의 몸에 짓눌려 움직일 수 없었다. 아저씨는 다시 과도를 번쩍 들었다.

이제 다 틀렸다.

체념한 은기는 눈을 다시 질끈 감았다. 그리고 마음속으로 숫자를 셌다. 하나. 둘. 셋…….

그때였다.

"아야. 이 개새끼가!"

경비 아저씨의 욕설에 이어 둔탁한 소리가 들렸다. 은기는 실눈을 떴다. 은기 몸에 올라탄 아저씨가 과도를 잡지 않은 손으로 머리를 짓누르고 있었다. 짓누른 손가락 사이로 핏줄기가 흘러내렸다. 고개를 돌려보니 아저씨의 옆으로 진숙이 엎어져 있었다. 은기와 함께 넘어진 진숙이 급히 일어나 도운 것이다. 쓰러진 진숙의 손에 어디서 주웠는지 주먹만 한 돌멩이가 쥐어져 있었다. 진숙은 넘어지면서 머리를 찧었는지 두 손으로 머리를 감싸 쥐고 있었다.

얼굴로 한줄기 피를 흘리는 아저씨의 눈이 분노로 이글이글 타올랐다.

그사이 아저씨를 은기가 두 손으로 밀치려 했으나 칼을 잡지 않은 한 손만으로도 쉽사리 제압당했다. 이제 정말로 옴

짝달싹할 수 없었다.

"흐흐흑." 은기의 눈에서 눈물이 터져 나왔다. "아저씨 이러지 마세요. 제발요."

"그래그래. 지금 당장 죽여주마."

아저씨는 칼을 쥔 손을 높이 들어 올렸다. 아저씨의 칼이 다시 은기의 얼굴에 길게 그림자를 드리웠다. 한순간 아저씨와 눈이 마주쳤다. 아저씨의 눈빛에 깃든 냉기에 뼛속까지 얼어붙는 것 같았다.

"흐아아아악!"

은기가 처절한 비명을 지르던 순간.

거미가 먹이를 움켜쥐듯 아저씨의 얼굴에 가녀린 손가락이 감겼다. 그리고 이내 아저씨의 목이 뒤로 홱 꺾였다.

"진, 진숙아……."

진숙이었다. 땅바닥을 구르던 진숙이 어느새 일어나 뒤에서 아저씨를 잡아챘다. 은기는 힘겹게 상체를 일으켜 세웠다. 뒤로 넘어간 아저씨와 진숙이 서로 엉겨 붙었다. 평소에는 그렇게 비실비실 하던 진숙의 어디에서 그런 힘이 나왔는지 은기로서는 도무지 알 길이 없었다. 팽팽하게 대치하며 땅바닥을 구르던 아저씨가 마침내 재빨리 진숙의 몸 위에 올라탔다.

"안 돼!"

은기가 서둘러 일어서려 했지만 퉁퉁 부어오른 발목 때문에 일어설 수 없었다. 발목에 불이 난 것 같았다. 바늘로 쑤셔대는 것 같은 통증에 정신이 아득해졌다. 하지만 정신을 놓을 수 없었다. 은기는 땅바닥을 기었다.

"그러지마…… 흐흐흑."

이대로는 진숙이 죽는다. 땅을 기는 은기의 손톱에 흙이 끼고 손바닥에 자갈들이 박혔다.

진숙은 힘이 빠진 듯 아저씨 아래에서 축 처져 있었다. 아저씨는 진숙의 목을 조르기 시작했다.

"이제 지긋지긋해. 다 죽어버려!"

진숙의 목을 죄는 아저씨의 팔뚝에 힘줄이 솟았다.

이렇게 무력하다니.

은기는 진숙이 죽어가는 모습을 차마 지켜볼 수 없었다. 고개를 돌린 은기의 입에서 터져 나온 처절한 비명이 언덕에 울려 퍼졌다.

"으아아아아아아!"

이제는 오래된 기억 속에 희미해진,

내 손에 희생된 사람들의 얼굴이 파노라마처럼 스쳐 지난다.

생의 마지막 순간에 삶의 궤적이 스쳐 지난다는 건 사실이었다.

여태 들키지 않고 살 수 있었던 건 순전히 운 때문일까.

아주 오랫동안, 깨어날 수 없는 악몽 속을 헤맨 느낌이다.

숨을 쉴 수 없다.

왼쪽 옆구리에 불에 댄 듯한 통증이 밀려온다.

머리가 몹시 조여 온다.

온몸의 근육이 비명을 질러댄다.

낯익은 시궁창 냄새가 콧속을 찌른다.

그 익숙한 냄새가 기나긴 꿈속에서 나를 현실로 끌어냈다.

살짝 눈떠보니 햇빛을 등져 그림자 진 얼굴이 나를 내려다본다.

강도다. 그때 그.

그 강도가 내 목을 조르고 있다.

어떻게 된 걸까. 환상일까?

강도의 얼굴에서 떨어진 땀방울이 내 얼굴 위로 떨어진다.

불쾌하다.

죽여야겠다.

현실이든 환상이든 상관없다.

한 번 더 죽이면 되니까.

은기는 정신을 잃고 목을 졸리던 진숙의 오른손이 천천히 경비 아저씨 쪽으로 향하는 것을 목격했다.

"아악! 이 미친년이."

진숙의 허리 위에 올라탔던 경비 아저씨가 비명을 지르며 몸을 뒤로 빼려 했다.

은기는 깜짝 놀랐다. 진숙의 오른손이 아저씨의 아랫도리를 힘껏 움켜쥐고 있었다. 아저씨는 몹시 당황한 듯 보였다.

진숙은 아랫도리를 움켜쥔 채로 재빨리 왼손을 자기 옆구리로 가져갔다. 그리고 망설임 없이 옆구리에 깊이 꽂혀 있던 과도 손잡이를 움켜쥐었다. 조금 전 아저씨와의 몸싸움 중에 찔렸던 것이다.

"음……."

진숙은 낮은 신음을 냈고, 이어 피에 흠뻑 젖은 과도의 칼끝이 진숙의 몸에서 쑥 빠져나왔다. 이후 진숙의 행동을 은기로서는 직접 눈으로 보고도 믿을 수 없었다.

진숙이 칼날을 아래쪽으로 재빨리 고쳐 잡았다. 그 사이 주먹으로 얼굴을 내려치려는 아저씨의 팔을 잡아채고는 아저씨의 겨드랑이 사이로 과도를 찔러 넣었다. 아저씨는 겨드랑이에서 오는 통증에 얼굴을 일그러트렸다. 겨드랑이의 상처를 손으로 막으려던 아저씨는 두 번째 비명을 질렀다. 진숙이 하반신을 단단히 감아 누르고 있던 아저씨의 팽팽한 양 허벅지에 순식간에 과도를 쑤신 것이다. 여전히 진숙의 허리 위에 올라탄 아저씨는 고통에 상체를 휘청이며 얼굴을 진숙 쪽으로 내렸다.

그 순간, 쉭하고 공기를 가르는 날카로운 소리와 함께 피에 젖은 칼날이 날아들었다.

수직으로 세운 과도의 칼끝이 아저씨의 목과 턱 사이 부드러운 살을 갈랐다. 아저씨의 턱 아래로 칼날을 삼킨 과도 자루가 마치 수염이 곧추선 것처럼 보였다.

이내 아저씨의 눈동자가 빛을 잃고 하늘로 말려 올라갔다.

벌어진 입 사이로 수직으로 관통한 칼날이 선명하게 보였다. 뒤이어 시뻘건 선혈이 갈라진 혓바닥 사이로 줄줄 흘러내렸다.

"끄으으으윽."

마침내 아저씨의 거대한 상체가 커다란 포물선을 그리며 뒤로 넘어갔다.

한동안 언덕에는 정적이 감돌았다.

조잘대던 새소리도 이때만은 울음을 그쳤다.

한참을 멍하니 있던 은기의 등에 누군가 손을 얹었다. 은기는 화들짝 놀라 고개를 돌렸다.

충호였다. 충호의 뒤에서 다급하게 달려오는 남자들이 보였다.

"충, 충슨. 왔구나. 사람들을 데리고 와줬구나. 흐흑……."

충호의 눈에서도 눈물방울이 흘러내렸다.

"어. 산에서 내려가는 도중에 산나물을 캐러 나온 아저씨들과 만났어."

"다행이다…… 다행이야……."

은기는 충호의 부축을 받아 서둘러 진숙이 있는 곳으로 절뚝거리며 걸어갔다.

진숙 옆에 쓰러진 경비 아저씨는 끔찍한 얼굴로 죽어 있었다. 은기는 경비 아저씨를 지나쳐 누워 있는 진숙 옆에 털썩 주저앉았다.

"피, 피가! 아흐흑."

힘없이 누운 진숙의 꽃분홍 셔츠가 점점 붉게 물들어 갔다. 은기는 진숙의 머리를 무릎에 받치고 진숙의 손을 꼭 잡았다.

"눈 좀 떠봐. 흑흑. 제발, 눈 좀 떠봐……, 응?"

은기의 울음 섞인 목소리에 진숙의 손이 움찔거렸다. 닫혀 있던 눈이 서서히 뜨였다.

"진숙아……."

'진숙아.'

이제 좀 쉬려고 했는데 손주 녀석이 쉴 틈을 주질 않네.

치매 판정을 받고,

이제는 기억하는 시간보다 기억하지 못하는 시간이 훨씬 길어졌다.

생의 촛불이 힘을 잃고 흔들거린다.

이제 얼마 남지 않았구나.

그래도 죽기 전에 다시 한번 이 살육의 감각을 느낄 수 있었으니 만족한다.

여한은 없다.

진숙이 눈물범벅인 은기를 보며 희미하게 웃음 지었다.

"할미한테 진수기라니. 내가 니 친구냐."

은기가 깜짝 놀라 말을 더듬었다.

"진숙…… 아니. 하…… 할머니. 정신이 들었어? 괜찮은 거야? 피가 이렇게 나는데…… 아프지? 모두 나 때문이야."

은기는 미안한 마음에 목 놓아 울었다.

진숙은 힘겹게 말을 이었다.

"우리 손주는…… 괜찮지? 그럼 됐어. 이 할미는…… 살 만큼 살았으니까 말이여. 사실 때때로 정신이 돌아왔을 때도 내색하지 않았어. 우리 손주랑…… 노는 게 조았거든."

진숙은 고통으로 얼굴을 찡그리면서도 입가의 미소는 지우지 않았다. 벌어진 입 사이로 듬성듬성 이가 빠진 곳이 보였다.

"할머니 죽지 마. 알았지? 절대로 죽지 마. 꼭이야. 우리 또 같이 놀러 다녀."

은기의 눈물이 진숙의 얼굴 위로 떨어져 굴곡진 주름을 타고 흘러내렸다.

어느새 진숙의 곁으로 다가온 충호도 진숙에게 말했다.

"꼭 나아서 은기랑 함께 같이 놀아요. 흑흑."

진숙은 힘겹게 고개를 끄덕이고 천천히 눈을 감았다. 그리고 금세 잠이 들었다.

잠든 할머니의 입가에 희미한 미소가 떠올라 있었다.

할머니는 지금 무슨 꿈을 꾸고 있을까?

"이야옹."

어느새 정신을 차린 코난이 다가와 진숙의 손을 핥았다.

"여기에요. 여기!"

주변에 서 있던 한 아저씨가 멀리서 다가오는 사람들에게 소리쳤다.

멀리서 경찰들과 간이침대를 든 구급 요원들이 달려오고 있었다.

은기는 피에 흠뻑 젖은 진숙의 손을 물끄러미 바라봤다.

오직 은기만이 목격한 진숙의 행동이 뇌리를 스쳐 갔다.

이내 은기는 고개를 세차게 흔들었다. 그런 건 아무래도 상관없다는 듯이……

은기는 나뭇가지처럼 앙상한 진숙의 손을 마주 잡은 손가락에 꼬옥 힘을 주었다.

두 번째 작품

소 음

"아휴. 또야?"

경쾌하게 도마를 튕기는 엄마의 칼질 소리가 그쳤다.

엄마의 탄식이 끝나기 무섭게 천장에서 쿵쾅거리는 소리가 들렸다.

거실에서 호두과자를 맛있게 베어 물던 명호가 인상을 찡그리며 두 귀를 틀어막았다. 명호의 무릎 위에서 식빵 자세로 졸던 코난이 까만 털을 곤두세우고 하악질을 했다.

"이거야 원, 아무리 항의를 넣어도 변하는 게 없으니. 정말 미칠 노릇이구먼." 소파에 앉아 TV를 보던 아빠가 이마를 어루만졌다. "충호야, 너도 이제 TV 그만 보고 동생 데리고 방에 들어가 숙제라도 해라."

아빠의 짜증 섞인 목소리. 가만히 있는 내게까지 불똥이 튄다. 하지만 그게 다였다. 아빠도 반쯤은 포기 상태다. 더 이상 별다른 수가 없는 듯했다.

콘크리트 바닥을 한 겹 건넌다 해도 고성과 쿵쾅거리는 소리는 여과 없이 아랫집까지 이어졌다. 오래된 아파트에 방음을 기대한다는 게 무리라는 건 알고 있다. 하지만 이건 해도 너무했다. 완전히 선을 넘었다.

혹시나 오해할까 싶어 하는 이야기지만, 우리 집은 층간소음 분쟁으로 뉴스에 나오는 집들처럼 예민하지 않다. 초등학교 3학년인 나와 혈기 왕성한 동생이 있는 만큼(그래서 1층에 사는 이유도 있지만) 부모님은 윗집에 사는 동갑내기 우식이의 활동성을 충분히 감안하고 있었다.

부모님이 유독 예민하게 반응하는 이유는 따로 있다.

무덥던 여름의 코난 실종 사건 이후, 내가 꽤 오랫동안 밤잠을 설쳐왔기 때문이다. 자려고 불을 끄면 참혹하게 죽어간 경비 아저씨의 얼굴이 떠올라 잠을 잘 수 없었다. 이런 걸 트라우마라고 하던가. 은기도 꽤 오래 고생한 것 같지만, 트라우마는 내가 좀 더 깊은 듯싶다.

그걸 아는 부모님은 어렵사리 잠든 내가 윗집 소음 때문에 깨는 게 여간 싫으셨나 보다.

하지만 소음의 원인이 우식이는 아니었다.

저녁 7시.

오늘도 어김없이 위층 집의 층간 소음 테러가 시작됐다.

경비실에 항의도 해보고 윗집에 직접 찾아가 사정도 해봤다. 하지만 그때뿐. 조금만 지나면 언제 그랬냐는 듯 소음 테러가 이어졌다. 아니 잠깐 참았던 울분을 토해내기라도 하듯 소음은 한층 더 심해졌다. 비단 내가 사는 아랫집 문제만이 아니었다. 윗집의 옆집인 202호도 소음에 항의했지만 나아지는 것은 없었다.

넌덜머리가 난 202호는 이사를 가버렸으니 결국 승자는 그 집이려나.

우리 집은 내가 다니는 학교 문제도 있는 데다가 아파트 시세가 천안에서도 원체 싼 편이라 울며 겨자 먹기로 버틸 수밖에 없었다.

젠장. 갑을 관계는 아파트 층수에서 시작된다는 어른들의 말이 이제는 어렴풋이 이해가 갔다.

그나저나 오늘은 유독 심하다. 유리 깨지는 소리가 끊이지 않는다. 저래서 접시는 남아날까?

쓸데없는 생각에 잠긴 사이 참다못한 아빠가 휴대폰을 집어 들었다.

"여보세요. 경찰서죠? 여기 천안 아파트 101동 101호 사는 사람입니다." 아빠는 신경질적으로 전화기를 고쳐 잡고 말을 쏟아냈다. "윗집에서 전쟁이라도 벌이는지 아주 난리가 났어요. 이러다 사람 잡을 것 같은데 얼른 와주셔야 할 것 같습니다. 네. 네…… 오늘은 유독 심해요. 지금 비명이 끊이질 않아요. 빨리 좀 부탁드립니다."

아빠는 휴대폰을 끊고 한숨을 푹 쉬었다.

곧바로 부엌에서 걱정스러운 목소리가 들려왔다.

"우리가 신고했다고 해코지하는 건 아니겠지?"

"설마 그러기야 하겠어. 제정신이 박힌 사람이라면 말이야." 아빠는 고개를 절레절레 흔들더니 나직이 중얼거렸다. "하긴 제정신이 박혔다면 저러지도 않겠지."

잠시 후, 거실 창밖으로 경광등 불빛이 아른거렸다.

나는 재빨리 창문 앞으로 뛰어갔다. 정복 경찰 두 명이 막 경찰차에서 내리고 있었다. 나이가 많아 보이는 경찰은 2층을 바라봤고 상대적으로 젊은 경찰은 무전기에 대고 뭐라 이야기를 했다.

집기를 때려 부수던 윗집은 잠시 소강상태였다. 하지만 경찰들이 아파트 건물 입구를 지나는 찰나,

찢어지는 비명이 아파트 전체를 갈랐다. 귀를 막고 싶을 정도의 날카로운 비명. 여성이 내지르는 소리였다.

'쿠당탕 쾅!'

비명에 이어 천장의 인테리어 전등이 흔들릴 정도로 엄청

난 충격이 가해졌다.

소파에 앉은 아빠와 나는 서로의 눈을 마주 봤다.

영원하다 싶을 만치 긴 몇 초가 지난 후 뭔가 심상치 않은 일이 벌어졌음을 직감한 아빠는 벌떡 일어나 현관문을 박차고 나갔다. 가만히 있을 수 없었다. 나도 서둘러 운동화를 구겨 신고 아빠를 뒤따랐다. 부엌에서 나를 말리는 엄마의 목소리는 귓등으로 흘려버린 채.

현관 밖에는 비명을 들은 경찰들이 계단을 두세 칸씩 뛰어오르고 있었다.

느낌이 좋지 않았다. 식은땀이 관자놀이를 타고 흘러내렸다. 녀석이 걱정돼 참을 수 없었다. 나는 앞서가는 아빠와 거리를 두고 조심스레 계단을 올랐다.

2층 계단 끝에 다다르자 경찰들이 201호 현관문을 주먹으로 두드리고 있었다.

"당장 여세요. 안 여시면 부수고 들어갑니다!"

현관문 안에서 악다구니가 들렸지만 알아들을 수 없었다.

문득 시선이 느껴져 고개를 들어보니 301호 할아버지가 엉거주춤 위층 계단에 서서 경찰들을 바라봤다. 홈웨어에 슬리퍼 차림인 것이 급하게 뛰어나오셨나 보다. 잔뜩 인상을 쓴 할아버지의 이마 주름이 깊숙이 파여 있었다.

"자, 셋을 셀 때까지 안 여시면 전부 체포할 겁니다. 알겠어요?"

젊은 경찰이 경고한 뒤. 다시 소리쳤다.

"하나!"

"둘!"

경찰이 막 셋을 세려는 순간. 마침내 현관문에서 '삐리릭' 하는 전자음이 새어 나왔다. 이어서 현관문 도어락의 걸쇠가 풀리자 젊은 경찰은 문이 채 열리기도 전에 직접 손잡이를 잡아당겼다. 활짝 열린 문 앞에는 겁에 잔뜩 질린 소년이 훌쩍이며 경찰을 올려보고 있었다. 우식이었다. 얼마나 울었는지 일그러진 얼굴은 온통 눈물범벅이었다. 새된 비명이 들릴 때마다 잔뜩 움츠린 우식의 어깨가 흠칫거렸다.

젊은 경찰은 뒤에 서 있던 중년 경찰에게 눈짓을 보냈다. 중년 경찰은 고개를 끄덕인 뒤 우식의 어깨를 감싸 길을 텄다. 젊은 경찰은 거침없이 구둣발로 집 안에 들이닥쳤다.

그 순간 고막을 찢을 듯한 비명소리가 한 번 더 복도에 울려 퍼졌다. 거실 입구에 선 경찰이 재빨리 허리춤에서 새카만 뭔가를 뽑아 들었다.

총? 권총?

나는 침을 꿀꺽 삼켰다.

"꼼짝 마!"

고막을 흔들어대는 비명을 뚫고 경찰의 단호한 목소리가

들렸다.

"그…… 그게 아니라."

"움, 움직이지 마. 거기 있어."

이내 당황한 경찰의 목소리. 호기심을 참을 수 없던 난 현관문 틈 사이로 각도를 맞춰 고개를 쭉 내밀었다. 그러자 어렵사리 거실 상황이 눈에 들어왔다.

젊은 경찰과 201호 아저씨가 대치 중이었다. 아저씨 옆으로 아줌마가 두 뺨에 손바닥을 댄 채로 계속 비명을 질러댔다. 두 눈을 부릅뜨고 소리를 질러대는 아줌마의 얼굴과 손은 피투성이였다. 경찰의 경고에도 아저씨는 머뭇거리며 다가갔다. 아저씨 역시 성한 곳이 없을 정도로 피투성이였다. 아저씨는 발을 떼며 피 묻은 손을 좌우로 휘저었다. 그제야 경찰이 잔뜩 경계하는 이유를 알아챘다. 아저씨는 오른손에 날카로운 칼을 쥐고 있었다. 그 칼도 새빨간 피로 흠뻑 젖어 있었다.

아저씨가 발을 뗀 순간, 경찰이 손에 든 물건에서 총탄이 아닌 가는 실 두 가닥이 뛰어 나갔다. 실은 곧장 아저씨의 가슴팍에 꽂혔다.

"으. 으어어억."

아저씨는 몸을 떨더니 그대로 거실 바닥에 무너졌다. 동시에 중년 경찰이 아저씨에게 달려들었다. 아저씨의 맞은편에서 있던 아줌마는 더욱 날카로운 비명을 쏟아냈다. 여기저기서 탄식이 새어 나왔다. 고개를 드니 어느새 구경을 나온 사람들이 위층 계단에 빼곡히 서 있었다.

문 앞을 지키던 우식은 아무것도 보지도, 듣지도 않으려는 듯 손으로 머리를 감싸 쥐고 바닥에 납작 웅크려 있었다.

언제부터 저러고 있었던 걸까.

지진이 난 듯 심하게 떨리는 우식의 다리 사이로 서서히 물 자국이 번져갔다. 공포에 떤 나머지 실수를 한 것이리라. 저기 있었다면 나도 저랬겠지. 우식이 가여웠다.

"휴우."

나도 모르게 숨을 내쉬었다. 엄청난 광경에 숨 쉬는 것도 잊고 있었다. 손발이 떨려왔다. 가슴이 방망이질하듯 쿵쾅거렸다. 앞에 선 아빠의 팔뚝을 슬며시 붙잡았다. 그러자 아빠가 천천히 내 쪽으로 고개를 돌렸다. 아빠 역시 크게 벌린 입을 다물지 못하고 있었다.

아빠도 적잖이 충격적이었구나.

"너, 여길 따라오면 어떻게 해."

뒤늦게 정신을 차린 아빠가 서둘러 내 눈을 가렸지만 이미 늦었다.

아저씨가 힘없이 쓰러지는 장면이 기억 속에 각인돼버렸으니까.

"자자, 이제 돌아들 가세요."

중년 경찰의 말을 끝으로 상황은 순식간에 정리됐다.

여전히 웅크린 우식에게 다가가고 싶었지만 그럴 수 없었다. 아빠 손에 이끌려 집으로 내려왔으니까. '어른들 일에는 끼어들지 말라고 했지'라는 잔소리를 들으면서 말이다.

현관문을 열자 엄마가 기다리고 있었다. 엄마는 대체 무슨 일이냐며 물었지만 아빠는 나를 힐끔 보더니 말을 아꼈다. 고개를 젓는 아빠를 보며 엄마도 뭔가를 느끼셨는지 더 이상 캐묻지 않았다.

우리는 다시 식탁에 모여 앉았다. 그리고 말없이 된장찌개를 바라봤다. 된장찌개는 차갑게 식어 있었다.

"어흠."

아빠는 헛기침을 한 뒤 숟가락을 들고 식사를 시작했다. 헛기침이 신호라도 되는 듯 나도 엄마도 아빠를 따라 숟가락을 들었다. 천장에서는 간간이 발소리가 들렸지만 그마저 이내 조용해졌다. 우리는 침묵 속에서 식사를 이어 나갔다.

조용한 식사를 마친 뒤, 숙제하려고 방에 들어간 사이 아빠는 다시 밖에 나갔다. 한참 뒤 돌아온 아빠 손에는 맥주 두 캔이 담긴 편의점 봉투가 들려 있었다. 9시가 조금 넘어 나는 적당히 눈치껏 일찍 잠자리에 들었지만 좀처럼 잠들 수 없었다. 눈을 감으면 눈꺼풀 뒤로 강렬했던 장면들이 되살아

났다.

다만 되살아나는 건 경비 아저씨가 아니었다. 피범벅이 된 윗집 아줌마였다.

아줌마는 다친 곳이 없을까? 201호 아저씨는 괜찮을까? 감옥에 갇히는 걸까? 우식이는 어떻게 되는 걸까?

이런저런 생각들로 몸을 뒤척이는데, 살짝 열린 방문 틈으로 부모님의 말소리가 새어 들어왔다.

"크으으, 나도 그런 줄로만 알았는데 그게 아니더라고."

아까 사 온 맥주를 마시나 보다. 그런데 그게 아니라니. 나는 감았던 눈을 번쩍 떴다. 방문 틈으로 빛이 새어 나와 바닥에 가느다란 선을 그리고 있었다. 나는 문틈으로 들리는 아빠의 말소리에 조용히 귀를 기울였다.

"수갑을 채우고 경찰차에 앉히고서야 알아챈 거야."

"어머머. 세상에 어쩜 그럴 수가 있어."

뭐라고?

"알고 보니까 우식 엄마가 우식 아빠 옆구리를 찌른 거였어. 다행히 스치긴 했다는데, 그래도 꽤 찢어졌나 보더라고. 그러니 셔츠가 그렇게 피에 흠뻑 젖었겠지."

"그러면 피해자한테 테이저건을 쏜 거야?"

"응. 우식 아빠는 칼날을 맨손으로 잡아서 겨우 우식 엄마한테 칼을 빼앗았는데, 그 순간 경찰이 들이닥친 거지. 경찰은 칼을 쥔 아빠를 보고 가해자인 줄 안 거야. 근데 난 그 경찰들 이해는 돼. 사실 거기 있던 사람 모두 그렇게 생각했을걸? 우식 엄마가 피투성이로 소리를 꽥꽥 질러대고 우식 아빠는 칼을 움켜쥐고 있는데 어느 누가 반대로 생각했겠냐고."

"아이고…… 그래서 어떻게 됐대?"

"뭐 어떻게 돼. 우식 아빠는 병원으로 실려 가고, 우식 엄마는 잡혀갔지. 그래봐야 뭐…… 당신도 알잖아. 우식 엄마 며칠 뒤면 풀려날 거."

"에휴, 어린 우식이는 가여워서 어째. 쯧쯧쯧."

"그러게 말야."

"하아……."

나도 모르게 한숨이 새어 나왔다.

역시 그랬구나. 아줌마를 참다못한 아저씨가 일을 저지른 줄 알았는데 그게 아니었다. 이번에도 아줌마가 벌인 일이었다. 불쌍한 아저씨와 우식이의 얼굴이 떠올랐다.

착잡해진 나는 베개에 얼굴을 파묻었다.

우식이가 201호로 이사 온 건 3개월 전이다.

처음 이사 올 때만 해도 별 관심이 없었다. 그저 나와 동갑내기 아들이 있다는 정도밖에 몰랐다. 며칠 뒤 우식은 천안초등학교로 전학왔고 옆 반인 4반에 배정됐다. 같은 반이라면 모를까 반이 달랐기에 친하게 지내거나 하지는 않았다.

우식이네가 이사 온 직후부터 문제는 시작됐다.

층간 소음 때문이었다.

우리는 윗집에서 들려오는 쿵쾅거리는 소리가 우식이 내는 소리인 줄로만 알았다. 곧 엄마, 아빠의 인내심은 한계에 다다랐다. 소음의 강도도 강도거니와 시간도 가리지 않았다. 새벽에도 잠에서 깨기 일쑤였다. 참다못한 아빠가 항의하러 윗집에 올라가서야 비로소 내막이 드러났다.

어렴풋이 예상했지만 우식이 내는 소음이 아니었다.

아빠를 문에서 멀리 떨어뜨린 아저씨는 목소리를 낮춰 이렇게 말했다고 한다.

"죄송합니다. 아내가 좀 심한 분노조절장애에 의부증과 우울증도 있어서요……. 치료받으라고 설득은 하는데 좀처럼 말을 듣질 않네요. 어떻게든 진정시키겠습니다. 정말 죄송합니다……."

머리 숙여 사과하는 아저씨의 이마엔 피가 배어난 반창고가 붙어 있었다고 했다. 벼르고 벼르던 아빠도 더 이상 항의하지 못하고 내려올 수밖에 없었다.

고성과 집기를 깨부수는 소리는 나날이 강도를 더해갔다. 경찰도 몇 번이나 다녀갔지만 효과는 없었다. 우리 집도 온통 신경이 곤두섰다. 팽팽한 긴장감이 감돌았다. 그러던 중 마침내 이번 사건으로 그 당겨진 끈이 끊어진 것이다.

내일 은기와 함께 우식의 일을 논의해 봐야겠다. 가능하면 우리 소년 탐정단의 새 멤버로 영입해도 좋겠지. 집안 사정 때문인지 언제나 그늘진 우식은 친구가 없어 보였다. 탐정단에 들어와 고민을 털어놓는다면 녀석도 분명 밝아질 것이다. 우식은 다른 반이지만 은기와 마찬가지로 같은 아파트 같은 동에 사니까 괜찮을 것이다.

몸이 쇠약해진 은기 할머니가 요양원에 간 뒤부터 은기의 얼굴은 유독 그늘졌다. 새로운 멤버와 함께 가정 폭력 사건을 논의한다면 은기도, 층간 소음에 시달리는 우리 집도, 공포에 떠는 우식도 몰라보게 밝아질 터이다.

답답했던 가슴이 뻥 뚫리는 것 같았다.

나는 부푼 희망을 안고 어서 내일이 오라며 잠을 청했다.

"뭐, 충호 네가 원한다면. 근데 가능할까?"

은기는 심드렁하게 대답했지만 오케이라는 말이다. 짜식. 차가운 척은…….

나는 1교시 쉬는 시간을 이용해 옆 반으로 향했다. 열린 문 안으로 교실을 살폈으나 우식은 보이지 않았다.

화장실이라도 갔나?

일단 복도에서 기다리기로 했다. 하지만 쉬는 시간이 끝나 가도록 우식은 오지 않았다. 나는 어쩔 수 없이 뒷문 근처에 있는 아이에게 물었다.

"우식이 오늘 안 왔는데."

아, 바보 멍청이. 그 난리가 났는데 학교에 왔으리라 생각한 내가 바보였다. 아빠는 병원에 갔고 엄마는 경찰서에 잡혀갔는데 어떻게 혼자 학교를 올 수 있을까.

"왜? 싫대?"

풀이 죽어 교실로 돌아온 날 보고 은기가 물었다.

"아니. 오늘 학교에 안 나왔대."

은기가 고개를 까딱거렸다.

"응. 가까운 친척도 없다고 했고, 가벼운 상처라지만 우식이는 아빠가 퇴원하기 전까지는 아동 보호소에 있겠지."

손가락을 세우고 설명하는 은기를 보자 왜 조금 전 '가능할까?'라고 물었는지 이해됐다. 어쩔 수 없다. 우식이 등교하면 그때 이야기하기로 했다.

우식이 학교에 나온 건 3일이 지나서였다.

나는 우식에게 소년 탐정단의 취지를 설명하고 아파트 쓰레기 투기범을 잡은 일과 연쇄 고양이 살해 사건을 해결한 나름의 성과도 이야기했다. 마지막으로 탐정단원을 제의하자 곰곰이 이야기를 듣던 우식은 흔쾌히 동의했다. 우식은 마침 친한 친구가 없어서 고민이었다고 털어놓았다. 학기 중에 전학해 온 터라 아직 마음을 터놓을 친구를 사귀지 못했다고 했다.

분명 내 제의를 반기는 눈치였다. 우식의 입가에 띤 옅은 미소를 보니 가슴 한구석이 따뜻해졌다. 은기에게 새멤버 우식을 소개하고 정식으로 소년 탐정단의 새로운 사건으로 우식의 부모님 문제를 논의하기로 했다.

"그럼 학교 끝나고 구령대에서 보자."

나는 수업 시작종을 뒤로 하고 우식과 헤어졌다.

구름 한 점 없는 맑은 하늘.

서늘한 가을 바람이 운동장을 스치자 가벼운 모래바람이 일었다.

학교를 마치자마자 우리는 약속한 대로 구령대 옆 벤치에 나란히 앉았다.

"이쪽은 우리 아파트 701호에 사는 셜기. 탐정단의 셜록 홈즈야. 우리에게 없어서는 안 될 브레인이지. 그리고 나는 충슨. 흐흐흐. 왓슨 박사라고 볼 수 있어."

"그럼 난 뭐라고 할까?"

우식의 물음에 은기가 명쾌하게 말했다.

"넌 레스트레이드 경감을 따서 우스트레이드라 하자."

"우스트레이드……."

우식은 나름 마음에 드는지 고개를 끄덕였다. 우식의 입꼬리가 살짝 올라갔다.

그때였다.

"꺄아아아!"

등 뒤에서 들리는 비명에 나와 은기가 순간적으로 고개를 돌렸다.

"메롱. 바보야."

"너 잡히기만 해! 진짜 가만 안 둬."

우리 반 지선이가 도망치는 민철이를 잡으려 안간힘을 쓰고 있었다.

또또 사랑 싸움이군. 어린애도 아니고 그냥 고백하지. 지선이를 괴롭히는 민철의 마음을 지선이는 영 모르는 듯했다. 지선이를 뺀 나머지는 모두가 아는 사실인데 말이다. 하긴 알면서 외면하는 걸지도……

나와 은기는 마주 보고 고개를 좌우로 흔들었다.

그런데 함께 앉아 있던 우식이 사라졌다.

"우…… 우식아……"

나는 깜짝 놀랐다. 우식은 벤치 아래 시멘트 바닥에 웅크려 있었다. 두 귀를 막은 채. 그날, 201호 현관문 앞에서 실금하던 모습이 겹쳐 보였다. 나는 말없이 우식을 일으켜 세웠다. 우식의 얼굴은 새파랗게 질려 있었다. 나는 우식을 벤치에 앉히고 어깨를 토닥였다. 어느 정도 시간이 지나자 어깨의 떨림이 잦아들었다. 은기가 상황을 정리하듯 입을 뗐다.

"자자, 그럼 이제 부부싸움을 막는 논의를 해보자고." 잠시 우식을 바라본 은기가 이어서 말했다. "일단 현재 상황을 알려줘."

은기의 말에 가뜩이나 침울한 우식의 얼굴이 더 어두워졌다. 나는 슬며시 우식의 등에 손을 얹었다. 우식은 고개를 돌려 내 얼굴을 쳐다봤다. 나는 가만히 고개를 끄덕였다.

우식은 심호흡을 한 뒤 어렵게 일자로 다문 입을 뗐다.

"엄만 아빠를 의심해. 몰래 다른 여자를 만난다고 생각하나 봐." 우식은 먼 산을 바라보며 덤덤히 말을 이었다. "심각한 의부증이래. 천안 아파트로 이사 온 것도 엄마 때문이야. 아빠 직장에서 가까운 곳으로 와야 했어. 교통체증 때문에 아빠가 조금이라도 늦게 오는 날이면 엄마는 불안감에 안절부절못했거든. 그럴 때면 공황 장애가 와서 집 밖에 나가는 것도 힘들어하셨어. 손톱을 물어뜯으며 아빠한테 수십, 수백 통씩 전화해대는 엄마를 지켜보는 게 정말 힘들었어."

"정말 힘들었겠다."

우식의 등에 손을 대자 가늘게 떨렸다.

"그런 날이면 백이면 백 싸움이 일어나. 힘들게 일하고 돌아온 아빠는 미칠 노릇이겠지. 다짜고짜 따지는 엄마를 달래도 보고 외면도 하지만 결국 집요한 엄마를 뿌리칠 수는 없었어. 그쯤 되면 아빠도 같이 폭발하는 거야." 우식의 눈에서 또르륵 눈물이 떨어졌다. "엄마는 화가 나면 손에 잡히는 대로 집어 던져. 접시든 휴대폰이든…… 가리지 않아."

우식은 끔찍한 기억이 떠오른 듯 손으로 머리를 감싸 쥐었다.

"괜찮아?"

괴로워하는 우식을 조심스레 살폈다.

"그럼 아줌마는 외출을 못 하시는 거야?"

은기가 심각한 얼굴로 물었다.

"아니. 평소에는 택시나 버스를 타고 장도 보시고 마트도 다녀오셔. 증세가 심해지기 전에는 주말에 일박 이일로 여행도 다녔었어. 고소공포증 때문에 비행기는 못 타시지만." 우식이 쓴 웃음을 지으며 말했다. "그래서 나도 이제껏 비행기는 한 번도 못 타봤어."

나 역시 비행기는 아직 못 타봤다는 말을 속으로 삼켰다.

우식은 다시 어두워진 얼굴로 말했다.

"요즘 엄마는 신경이 계속 곤두서 있어. 외출도 안 하고 마트도 온라인 배달로 주문하셔."

"이번 일은 어떻게 된 거야?"

은기의 물음에 잠시 침묵한 우식은 입을 열었다.

"난 내 방에 있어서 자세히는 몰라. 다만, 엄만 아빠에게 당장 그년을 데려오라며 고함쳤어. 그러곤 부엌에서 식칼을 가져와서 아빠를 위협했던 것 같아. 그리고 아빠와 엄마가 서로 악다구니를 쓰고. 그러다 분을 못 이긴 엄마가 칼을 휘두른 것 같아."

얼굴이 뻣뻣하게 굳어갔다. 심각했다. 우식의 입에서 내 예상을 훨씬 웃도는 충격적인 이야기가 나왔다.

"뭐라고 하셨는지는 못 들었어?"

"엄마?" 우식은 천천히 고개를 가로저었다. "아니. 나, 난방에 틀어박혀 귀를 막고 웅크리고 있었어. 도저히⋯⋯ 그소리를 들을 수 없었어."

우식은 붉게 충혈된 눈동자를 땅바닥으로 떨궜다. 그 틈에 내가 끼어들었다.

"이다음부터는 내가 말해줄게."

우식에 이어 그날 내가 현장에서 봤던 그대로를 은기에게 설명했다. 은기는 팔짱을 낀 채 간간이 고개를 끄덕였다.

내 이야기가 끝나고 한동안 침묵하던 은기가 우식에게 물었다.

"너희 아빠는 무슨 일 하셔?"

"가구 디자이너이셔."

"직장 거리 때문에 이사 왔다고 했지?"

"어. 이사 오고 나서는 구백 번 버스를 타고 한 십 분 정도 거리야."

"아저씨한테는 정말로 아줌마가 의심할 만한 사람이 있는 거야?"

은기의 질문에 우식은 말했다.

"모르겠어, 나도 잘……. 없는 것 같은데 엄만 또 있다고 믿으시니까……. 나도 혼란스러워." 우식이 마른세수를 했다. "평소에 엄마는 정말로 아무렇지 않아. 나한테도 자상하고. 그런데…… 그런데 왜 그런지 모르겠어."

"뭔가 좋은 방법이 없을까?"

내가 물었지만 어느 누구도 쉽게 대답하지 못했다. 문득 운동장을 가로질러 하교하는 아이들이 보였다. 삼삼오오 모여 장난을 치며 웃고 떠드는 아이들……. 그와는 반대로 우리 사이에는 무거운 침묵이 내려앉았다.

"참, 아저씨는 괜찮으셔?"

어색한 침묵을 깨고 내가 물었다.

"어. 다행히. 상처가 깊지 않아서 하루 안정을 취하고 바로 퇴원하셨어."

"다행이다."

"너희 엄마는?"

"엄마는 유치장에 있는데 아마 금방 나올 거야. 아빠는 회사에 나가야 하고, 날 돌봐줄 사람은 엄마밖에 없거든. 아빠도 선처해달라고 탄원서도 썼고. 뭣보다 엄마는 지금 마음이 아픈 상태니까.”

또다시 내려앉은 침묵. 이번에는 은기가 침묵을 깼다.

“일단 아저씨를 조사해보자. 아저씨가 결백하다면 아줌마도 더 이상 의심하진 못할 거야.”

우식이 고개를 들어 은기를 바라봤다. “어떻게 해야 돼?”

“일단 아저씨가 제일 오래 있는 곳은 회사야. 회사에 여직원이 있는지부터 파악해야겠지. 사실 전부터 탐정 일에 쓸 초소형 녹음기를 사려고 용돈을 모으고 있었거든. 돈은 거의 다 모았어. 녹음기가 오면 빌려줄 테니까 네가 아저씨 외투에 몰래 숨겨. 안감에 바느질하면 더 좋고.”

우식이 다짐하듯 말했다. “알았어. 그건 내가 어떻게든 해볼게.”

“그리고 아저씨 휴대폰에 위치 추적 어플을 깔자. 그걸로 우리가 아저씨의 행적을 유추하는 거야.”

나도 덧붙였다. “며칠간 아저씨가 퇴근해서 집에 돌아갈 때까지 우리가 미행해보자.”

은기가 내 의견을 이어받았다. “그래. 불과 십 분 거리니까 처음부터 끝까지 휴대폰 동영상으로 찍으면 되겠다. 확실한 물증들을 보여준다면 믿지 못할 이유가 없지.”

위험부담은 있지만 딱히 어려운 일은 아니었다. 그 외에도 몇 가지 방안을 이야기한 뒤 우리는 자리에서 일어섰다.

"고, 고마워. 사실 이런 이야기를 나눌 사람이 없어서 많이 답답했었어."

"괜찮아. 이제 넌 우리 탐정단 일원이니까."

우식이 힘차게 고개를 끄덕였다. 나와 은기도 함께 고개를 끄덕였다. 그 순간 우리는 보이지 않는 끈으로 묶인 듯한 동지애를 느꼈다. 우리는 함께 학교를 나와 천안 아파트로 향했다. 아파트 1층 엘리베이터 앞에서 각자 구체적인 방안을 생각한 뒤 다시 모이자고 약속하고 은기와 우식은 엘리베이터를 탔다. 사실 변한 건 아무것도 없었다. 하지만 나는 모든 것이 잘 되리란 희망을 품고 힘차게 101호 현관문을 열었다.

그때는 몰랐다.

나의 바람은 완전히 엇나가 버린다는 것을.

우식의 예상대로 아줌마는 얼마 안 가 집으로 돌아왔다.

그리고 정확히 3일 만에 위층의 소음은 다시 시작됐다. 부모님은 혀를 내둘렀다. 나 역시 암담했다. 내 상식으로는 도무지 이해할 수가 없었다.

일요일 저녁이지만 마음 편히 쉬지 못했다. 소파가 가시방석 같았다.

"오늘은 또 뭐야."

"지난번처럼 일 나는 거 아니야?"

부모님의 목소리에 불안감이 밀려왔다. 벌써 세 시간째다.

"이대로는 안 되겠어."

아빠가 신고하려고 휴대폰을 집어 든 순간.

커다란 고성에 이어 무거운 물건을 바닥에 쿵 하고 찧는 듯한 소리가 났다. 천장이 흔들려 보일 정도로 큰 충격이었다. 예상치 못한 굉음에 나와 부모님은 동시에 천장을 올려봤다.

칼부림이 났던 지난밤과 똑같았다. 숨죽인 채 천장을 주시했지만 더 이상의 소음은 없었다. 등줄기에 소름이 돋았다. 짧은 침묵은 나를 더욱 불안하게 만들었다. 뭔가 다른 소리가 이어져야 했다.

그러나 5분, 10분이 지나도록 위층은 고요하기만 했다.

아빠도 나와 같은 마음이었는지 더 이상 기다리지 못하고 휴대전화 버튼을 눌렀다.

경찰에 신고한 지 불과 1~2분이 지났을까. 멀리서 요란한 사이렌 소리가 들렸다. 나는 지난번처럼 거실 창문으로 뛰어갔다.

"어?"

경찰차를 예상했건만 도착한 차는 119구급차였다. 구급대원들은 서둘러 트렁크에서 간이 침대를 꺼냈다.

느낌이 안 좋았다. 큰일이 벌어졌음을 직감했다.

거실을 가로질러 현관 앞으로 뛰어갔으나 나갈 수 없었다. 현관문을 지키고 선 아빠가 무서운 얼굴로 고개를 가로저었다. 궁금했다. 우식이 걱정됐다. 하지만 어쩔 수 없었다. 내 방으로 들어가는 수밖에······.

이어서 여러 대의 경찰차와 구급차가 도착했다. 해가 진 밤인데도 쉴 새 없이 비치는 경광등 불빛 때문에 밖은 대낮처럼 환했다. 윗집에서 발소리와 웅성대는 소리가 들렸다. 그제야 아빠가 현관문을 나섰다.

한참만에 돌아온 아빠는 아무 말이 없었다. 아빠는 고개를 떨군 채 곧바로 안방으로 들어가 방문을 닫았다. 엄마도 아빠를 따라 방에 들어갔다. 나는 몹시 궁금했지만 차마 안방 문을 열 수 없었다. 그렇게 경직된 아빠의 얼굴은 처음이었다.

위층의 웅성거림은 밤늦도록 계속됐다.

나는 밤잠을 설친 탓에 늦잠을 잤다. 다른 생각을 할 겨를도 없이 부리나케 학교로 뛰어갔다. 1교시 시작 직전에야 겨우 도착할 수 있었다. 교실로 뛰어가는 도중 4반 창문을 들여다봤지만 우식의 자리는 텅 비어 있었다.

예삿일이 아니다 싶었는데 또 결석이라니. 우식인 괜찮은 걸까?

서둘러 교실 뒷문으로 들어가 의자에 앉으니 1교시 수학 선생님이 들어왔다. 아슬아슬하게 세이프였다. 이마에 솟은

땀을 훔치고 숨을 고르는데 뒷자리의 은기가 어깨를 두드렸다. 나는 절반쯤 고개를 돌리고 낮게 속삭였다.

"왜?"

"알고 있어?"

난데없는 물음에 고개를 저었다.

"뭘?"

"모르고 있구나……."

나는 교탁에 선 선생님의 눈치를 보면서 되물었다.

"뭔데 그래?"

"우식이네……." 이어지는 은기의 말이 귀에 박혔다. "엄마가 죽었대."

"뭐…… 뭐?"

내가 소리를 지르며 벌떡 일어난 통에 은기와 나는 교실 뒤에서 손을 들고 수업을 받아야 했다. 하지만 선생님의 말이 하나도 들어오지 않았다. 머릿속이 터질 것처럼 어지러웠다.

학교가 끝나자마자 나는 은기와 함께 201호로 달려갔다.

현관문은 굳게 닫혀 있었다. 집 안은 아무도 없는 듯했다. 뉴스에서나 보던 노란색 테이프가 현관문을 가로질러 거미줄처럼 붙어 있었다.

우식은 학교에 나오지 않았다. 다음 날도, 그다음 날도, 또 그다음 날도······.

한동안 아파트에서는 우식이네 사건 이야기가 끊이지 않았다. 혀를 차는 아주머니들 이야기에 귀를 기울이니 어렵지 않게 사건에 대해 들을 수 있었다.

우식이 아줌마는 사고로 죽었다고 했다.

흥분한 아줌마가 칼로 아저씨를 찌르려 하자, 아저씨는 엉겁결에 아줌마를 밀쳤다고 했다. 중심을 잃은 아줌마는 거실과 부엌을 경계 짓는 아일랜드 식탁에 뒷머리를 부딪쳐 의식을 잃었고 병원으로 옮겨졌지만 사망했다고 했다. 아저씨는 그 자리에서 경찰에 체포됐다고 했다.

조사 결과 아저씨는 무기가 없었고 칼에 찔리는 것을 피하려는 정당방위성 행동으로 인한 의도치 않은 사망, 즉 폭행치사가 적용된다고 했다. 평소 정신병을 앓던 아줌마의 잦은 폭력과 지난번 흉기 상해 사건, 일가친척이 없는 아저씨가 우식이의 유일한 보호자인 점, 아저씨를 딱하게 여긴 아파트 주민들이 제출한 탄원서를 감안했을 때 아마도 집행유예를 받을 것이라는 게 자칭 법대 출신 6층 반장 아줌마의 말이었다.

더 골 때리는 건 죽음을 부른 싸움이 아저씨 휴대폰에 저장된 사진 한 장에서 비롯됐다는 점이다. 아저씨가 자리를 비운 사이 아줌마는 아저씨 휴대폰을 훔쳐봤고(평소에도 종종 휴대폰 검열이 있었다고 한다) 아저씨와 젊은 여성이 찍은 사진을 보고 불같이 화를 냈다고 한다. 다짜고짜 불륜이라며 공격하는 아줌마를 아저씨는 이해할 수 없었고, 급기야 열이 뻗친 아줌마는 식탁 위에 있는 칼을 들고 공격하려다 되레 변을 당했다는 것이다.

"근데 말이야 참 아이러니 하지. 그 사진이 무슨 사진이냐면……."

이어지는 이웃 아줌마의 말에 나는 경악했다.

"우식이네 엄마 젊었을 적 사진이라는 거야. 나 원 참. 살림하고 육아에 지치다 보니 자기 과거 모습을 완전히 잊어버린 거지……."

"어머, 어쩜……. 쯧쯧쯧쯧."

"좀 슬프네. 하아."

나 역시 허탈감이 밀려왔다. 말로 설명할 수 없는 복잡한 감정이랄까. 우식의 엄마, 아빠, 우식이까지 모두가 안타까웠다.

다행스럽게도 6층 반장 아줌마의 예언대로 아저씨는 정상 참작이 돼 3년의 집행유예를 선고받았다. 재판이 끝나도록 우식이는 보지 못했다. 그날의 충격을 극복하지 못해 보호소에서 지내면서 정신과 치료를 받는다는 말이 들렸다. 그것 또한 충분히 이해됐다.

며칠 뒤, 4반 친구에게 우식이 곧 전학을 간다는 말을 전해 들었다. 아마도 그럴 것이라고 이미 예상하고 있었다. 위층이 곧 이사 갈 것이라는 부모님의 말을 먼저 들었기 때문이다.

우식이와의 인연은 이렇게 끝났다고 생각했다. 자연스럽게 소년 탐정단도 원래의 2인 체제로 돌아갔다. 그렇게 평소의 생활로 돌아가던 무렵,

생각지도 못한 이가 찾아왔다.

"어!"

"우, 우식아."

은기와 함께 하교한 나는 아파트 101동 정문 앞에 서 있는 우식과 마주쳤다.

"안녕. 기다리고 있었어."

가볍게 손을 드는 우식은 못 본 사이 몰라볼 정도로 야위었다. 입가는 웃고 있었지만 그늘진 얼굴은 더욱 어두워 보였다. 그동안 마음고생이 얼마나 심했을까. 실제로 보니 마음이 더 아파왔다.

"오랜만에 보니 반갑네. 잘 지냈어?"

은기의 물음에 우식은 작게 고개를 끄덕였다.

"잠깐 이야기 좀 나눌까 해서."

"그, 그래. 그럼 우리 집에 가서 이야기할까?"

내가 서둘러 말했지만 우식은 쉽게 대답하지 못했다. 뭔가 내키지 않는 듯했다.

"우리 집으로 가자. 지금은 아무도 없어. 엄마는 저녁 늦게 오시니까."

우식의 반응을 살피던 은기가 대신 말을 꺼냈다.

"그, 그럴까."

우식이 답했다. 하긴 우리 집에는 엄마가 계시니 불편할지도 모르겠다. 나와 우식은 은기를 따라 701호에 들어갔다. 은기 말대로 집은 텅 비어 있었다. 책가방을 내려놓고 소파에 앉자 은기가 오렌지 주스 세 잔을 가져왔다.

"고마워." 나는 단숨에 주스를 비웠다.

"한 잔 더?"

"아니 괜찮아."

우식은 주스를 홀짝였다. 서로 자기 주스 컵만 바라봤다. 힘든 일을 겪은 우식을 위로하고 싶었지만 섣불리 말을 꺼내기 힘들었다. 그건 은기도 마찬가지인 듯했다. 어색한 침묵이 이어지던 중 우식이 입을 뗐다.

"나 곧 전학 갈 것 같아. 아빠가 지방에 직장을 구했거든."

나는 고개를 끄덕였다.

"응. 옆 반 친구한테 들었어."

"아, 미안. 탐정단원으로 제대로 활동도 못하고……."

풀 죽은 우식에게 나와 은기가 동시에 반사적으로 손사래를 쳤다.

"아, 아냐. 넌 그런 거 신경 쓰지 마. 절대로."

당황한 우릴 보며 우식의 눈이 초승달처럼 변했다.

"고마워······." 우식은 한차례 심호흡한 뒤. 결심한 듯 입을 뗐다. "사실 물어볼 게 있어서 찾아왔어. 은기 넌 홈즈 같은 탐정이라고 했지? 아무리 생각해도 답이 안 나오는 일이 있어서 그걸 물어보려고."

난 호들갑을 떨며 이야기했다.

"그래. 뭐든 말만 해. 은기는 어떤 사건도 단박에 해결하는 명탐정이야."

은기도 굳이 부정하지는 않았다.

"일단 얘기부터 들어보자."

"너희들은 얼마나 자세히 아는지 모르겠지만, 우선 우리 집 사건부터 들어줘."

끔찍한 그날의 사건을 본인 입으로 얘기하는 게 쉬운 일은 아니었을 것이다. 하지만 우식은 그날의 사건을 시작부터 끝까지 덤덤히 이야기했다. 나와 은기는 우식의 말을 최대한 집중해서 들었다.

"일요일 저녁, 거실에서 엄마와 텔레비전을 보던 아빠 거실 탁자에 휴대폰을 두고 화장실에 가셨어. 아마도 큰일을 보러 가셨겠지. 아빠가 오래 자리를 비우자 엄마가 아빠 휴대폰을 본 것 같아. 그리고 사진첩에서 사진을 보셨어. 젊었을 적 엄마와 아빠가 강원도 평창에 있는 발왕산 스카이워크에서 찍은 사진이었어. 엄마는 사진 속 여자가 자신인 줄 모르셨나 봐. 거실로 돌아온 아빠에게 다짜고짜 이년은 누구냐고 따져 물었어. 아빠는 무슨 말도 안 되는 소리냐며 화냈고. 그렇게 시작된 말다툼이 서로 밀치는 몸싸움으로 번졌어. 격분한 엄마는 식탁 위에 있던 식칼을 쥐고 아빠를 위협했어. 엄마가 휘두른 칼에 아빠 왼팔을 베였어. 아빠는 너 같은 싸이코와는 더 이상 못 살겠으니 이혼하자고 하셨어."

우식은 그날이 떠오르는 듯 가늘게 어깨를 떨었다.

"엄마는 자기와 이혼하면 사진 속 그년과 살 거냐면서 아빠에게 달려들었어. 아빠는 칼을 들고 돌진하는 엄마를 엉겁결에 밀쳐냈는데, 엄마는 중심을 잃고 뒷걸음질 치다 식탁 모서리에 뒷머리를 부딪치고 정신을 잃었어. 사건은 여기까지야. 엄마는 이송된 병원에서 두개골절과 뇌내출혈로 돌아가셨어."

말하는 내내 울먹이던 우식은 결국 울음을 터트렸다.

"힘들겠지만 사건 당시 아저씨와 아줌마가 있던 위치를 알려 줄 수 있어?"

은기의 물음에 우식이 일어서서 위치를 설명했다.

"아빠는 지금 내가 있는 소파 바로 앞에 서 있었어. 그리고 엄마는……." 우식은 한 발짝 뒤 식탁을 등지고 섰다. "여기 있다가." 그리고 두 번의 뒷걸음질 후 허리 높이의 아일랜드 식탁 모서리를 가리켰다. "이 모서리에 머리를 부딪쳤어."

"고마워. 떠올리기 힘들었을 텐데. 그런데……." 잠시 생각하던 은기가 다시 말했다. "혹시 싸움의 원인이 된 사진을 볼 수 있을까?"

소파에 앉은 우식은 호주머니에서 휴대폰을 꺼내 내게 건넸다.

"아빠 몰래 내 휴대폰으로 전송했어."

나와 은기는 휴대폰 화면에 집중했다.

"이게 그 사진이야?"

휴대폰 화면에는 아저씨와 아줌마가 환하게 웃고 있었다. 두 분 뒤로 탁 트인 하늘 아래 케이블에 매달린 케이블카가 줄지어 있었다. 이웃 아줌마의 이야길 들어서일까. 확실히 아저씨는 지금과 별 차이가 없었지만, 아줌마는 지금 모습과는 달라 보였다. 좀 더 젊고 날씬해 보인달까. 모르는 사람이 보면 착각할 만도 했다. 다만 죽은 아줌마는 당사자였다.

"근데 사진은 왜?"

은기는 사진을 유심히 살펴보며 말했다.

"좀 이상한 게 있어서."

"뭐가?"

우식이 되물었다.

"저번에 네가 그랬었지. 아줌마가 무척 심한 고소공포증이라고."

"맞아. 그랬지." 내가 별생각 없이 맞장구를 치고 은기의 이어질 말을 기다렸다. 하지만 뭔가 놓친 것 같은 기분이 들었다. "아! 마, 맞다."

은기가 눈빛을 빛냈다.

"나도 발왕산에 가본 적 있거든. 그런데 사진에 찍힌 스카이워크는 케이블카를 타지 않고는 갈 수 없는 곳이야. 따라서 고소공포증이 있는 아줌마는 절대 사진을 찍을 수 없는 장소이기도 하지."

은기의 말에 나는 깜짝 놀랐다. 우식도 무척 당황한 것 같았다. 이내 수긍하는 듯 고개를 끄덕이며 말했다.

"맞아. 텔레비전에 줄 하나에 매달려서 가는 케이블카가 나왔는데, 엄마가 죽어도 못 탄다고 말했던 적이 있어……."

우식이 말끝을 흐렸다.

은기는 내 손에 있던 우식의 휴대폰을 가져가 자세히 살펴보기 시작했다. 확대 축소를 거듭하던 은기가 한참 만에 입을 열었다.

"그러고 보니 좀 이상하긴 해. 사진에는 빛이 왼쪽에서 비추고 있는데 아줌마 사진의 손목 부분 그늘은 햇빛이 비추는 왼쪽에 져 있어."

은기는 확대한 사진을 우리에게 보여주었다. 정말 은기의 말대로였다. 손목의 그늘에서 위화감이 일었다. 은기가 차분히 말을 이었다.

"사진 용량도 저장된 다른 사진보다 훨씬 커. 우식아, 너희 아빠 디자이너라고 했지?"

"맞아. 가구 디자이너셔."

은기가 관자놀이에 가볍게 엄지와 검지를 짚었다. 골똘히 생각에 잠기면 나오는 버릇이었다.

"가구 디자이너라면 포토샵 같은 그래픽 프로그램은 전문가급으로 쓰시겠지. 내가 봤을 때 이 사진은 합성된 것 같아."

등줄기에 소름이 돋았다. 아주 중요한 말을 들은 것 같아서 몸이 반응했지만 머리가 미처 따라잡지 못했다. 머릿속에서 은기의 말이 정리되고 나서야 나는 소리를 질렀다.

"뭐? 그게 정말이야?"

은기의 눈빛이 차갑게 빛났다.

"아저씨가 다른 사람과 함께 찍은 사진에 아줌마 얼굴을 교묘하게 합성한 거야. 사진을 아저씨 몰래 네 휴대폰으로 전송한 걸 보면 우식이 너도 자세히는 모르지만 뭔가 미심쩍은 마음이 있었던 거겠지." 은기는 우식에게 휴대폰을 돌려주며 말했다. "자, 이제 내가 궁금한 게 있어."

우식과 은기의 눈빛이 마주쳤다. 우식은 강렬한 은기의 시선을 피하며 천천히 고개를 끄덕였다. 우식이 질문을 받아준다는 의미로 이해한 은기가 입을 열었다.

"아빠와 단둘이 남은 지금, 넌 왜 우릴 찾아왔어?"

곁눈질로 슬쩍 우식을 훔쳐봤다. 우식의 눈동자가 갈피를 잃은 듯 흔들렸다. 금세 얼굴이 상기되고 무릎 위로 그러모은 손은 한시도 가만히 두질 못했다.

"왜, 왜 그래? 우식이도 답답하니까 왔겠지."

안절부절못하는 우식을 대신해 답했지만 좀처럼 은기의 표정은 풀리지 않았다.

은기는 목소리에 힘을 주어 한 번 더 되짚듯 물었다.

"엄마가 집어 들었다는 식칼, 식탁 위에 있었다고 했지. 너희 집은 식칼을 아일랜드 식탁 위에 보관해?"

"아, 아니. 싱크대 안쪽 칼집에……."

"그날 식칼이 식탁 위에 놓여 있었던 이유는 뭘까? 네 말대로라면 아줌마가 칼을 잡은 뒤로 아저씨는 칼을 잡은 적이 없어. 경찰이 그 부분을 놓쳤을 리는 없겠지. 경찰에서 별다른 말이 없었다는 건 식칼 손잡이에 아줌마 지문밖에 없었다는 건데, 넌 그날 아줌마가 칼을 쓰고 식탁 위에 놓는 걸 본

적 있어?"

우식의 얼굴이 순식간에 하얗게 변했다.

"난 못 봤어. 그때 난 내 방에서 숙제하고 있었어. 방에서 나왔을 땐 엄마가 다친 뒤였어."

은기는 우식의 얼굴에서 시선을 거두고 말했다.

"그렇구나. 그럼 그다음. 아저씨 휴대폰 사진은 네가 네 휴대폰에 전송한 거지?"

"마, 맞아."

"그 사진, 사진첩 목록 상단에 있었지? 아줌마가 젊었을 때 사진이라면 십 년 이상 된 사진이라는 건데, 그렇게 오래된 사진이 사진첩 상단에 있는 이유는 뭘까?"

"아빠는 오래전 엄마와 좋았던 때를 추억하려고 휴대폰에 저장했다고 했어."

은기는 천천히 고개를 끄덕였다. 그리고 생각을 정리하듯 시간을 두다가 입을 열었다.

"어쨌든 내게 물어보려고 왔으니 내 생각을 이야기할게." 은기는 잠시 뜸을 들이고 말을 이었다. "아저씨는 발왕산에서 다른 사람과 찍은 사진에 아줌마 얼굴을 합성해 휴대폰에 저장했어. 물론 아줌마는 발왕산에 아저씨와 함께 간 적이 없어. 그건 네가 말한 사실이야. 또한 얼핏 보면 모르겠지만 아마도 실제 아줌마가 젊었을 때와 이 사진의 모습은 다를 거야. 사진 편집 프로그램 전문가인 만큼 다른 사람은 몰라도 당사자인 아줌마만큼은 위화감을 느끼도록 합성했겠지. 그리고 식탁 위에 지문이 묻지 않은 칼을 세팅해뒀어. 아줌마가 바로 고개만 돌려도 볼 수 있을 위치에 말이야." 은기는 가볍게 한숨을 쉬고 말을 이었다. "사실 얼마 전에 벌어졌던 칼부림 사건도 아저씨가 의도한 건지도 모르지. 하지만 일단 이번 사건만 이야기해보자고."

나는 숨을 삼키고 은기의 말에 집중했다. 대체 무슨 말을 하는 건가. 그것도 우식의 앞에서 말이다.

하지만 은기는 전혀 괘념치 않고 계속했다.

"아저씨는 평소에도 아줌마가 휴대폰을 훔쳐보는 것을 알았을 거야. 그러니 아줌마가 있는 거실 탁자에 버젓이 휴대폰을 놓고 자리를 비웠겠지. 평소 아저씨가 큰일을 보러 화장실에 갈 때는 절대 휴대폰을 두고 가지 않았을 거야. 그건 충호와 나 그리고 너도 마찬가지일걸? 요즘 변비의 주원인은 화장실에서 보는 휴대폰 때문이라는 말도 있으니까."

주먹 쥔 우식의 손이 부들부들 떨렸다. 어느새 두 볼이 상기된 우식이 날카롭게 말했다.

"그래서 네가 하고 싶은 말이 뭐야? 아빠가 엄마의 죽음을 의도했다는 말을 하고 싶은 거야?"

순식간에 공기가 차갑게 얼어붙었다. 하지만 은기는 우식의 말을 무시하고 쏘아붙였다.

"다시 한번 물을게. 네가 우릴 찾아온 이유가 뭐야? 아줌마가 돌아가신 건 불행한 일이야. 하지만 싸움의 원인이 아줌마였다면 이젠 남은 너와 아저씨가 새로운 인생을 시작해야 해. 넌 네 아빠를 믿어야 한다는 말이야. 그런데 네가 이 자리에 왔다는 건 그 믿음이 흔들리고 있다는 의미 아냐? 지금까지 내가 추리한 의혹 말고 다른 이유가 있는 거지? 네 믿음을 송두리째 흔들게 만든 이유." 은기가 우식을 향해 손을 뻗었다. "자. 이제 그 이유를 말해줘."

"그, 그건……."

우식은 차마 말을 잇지 못하고 얼굴을 일그러뜨렸다.

"네 설명에서 한 가지 맞지 않는 부분이 있어." 은기가 검지를 세웠다. "사건이 벌어질 당시 넌 네 방에 있었어. 직접 사건을 목격하지 못한 거야. 들리는 소리로 정황을 유추했을 뿐이지. 처음 네게 사건의 정확한 상황을 알려달라고 했을 때, 넌 아저씨와 아줌마의 위치를 정확히 알려줬지. 그런데 아저씨에게 떠밀린 아줌마가 두 번 뒷걸음질 쳐 식탁 모서리에 머리를 찧은 걸 어떻게 아는 거지? 그건 보지 않고는 알 수 없는 일 아니야?"

나는 조용히 숨을 삼켰다. 손바닥에 땀이 흥건히 배어나 있었다.

"설마 경찰 수사 보고서를 봤다거나 경찰에게 물어봤다는 말은 집어치워. 미성년자로 보호소에 있던 넌 알 수 없을 내용이니까. 아저씨가 자세히 설명해줬을 리도 없어. 그날의 사건은 하루라도 빨리 잊길 바라고 있을 테니까."

은기가 곧추세웠던 검지를 천천히 우식에게로 향했다.

"결국 넌 본 거야, 아저씨가 아줌마를 밀치는 장면을."

은기에게 지목당한 우식의 표정이 놀라움에서 체념으로 이어졌다. 이윽고 우식의 입에서 땅이 꺼지듯 깊은 한숨이 이어졌다.

"하아…… 그래. 바로 맞혔어. 정말 홈즈라는 말이 사실이었구나."

나도 모르는 사이 손바닥의 땀을 티셔츠에 문지르고 있었다. 입속에 고인 침을 꿀꺽 삼켰다. 직접 듣고도 도저히 믿을 수 없는 이야기였다. 같은 공간에 있으면서도 은기와 우식은 다른 차원에 있는 것만 같았다. 나는 둘 사이의 대화를 가만히 지켜볼 수밖에 없었다.

"네가 인정했으니 그 사실을 바탕으로 두 번째 가설을 이야기할게." 은기가 검지에 이어 중지를 펴들었다. "너도 알겠지만 여긴 사건이 벌어진 201호와 같은 구조야. 그건 충호네 집도 마찬가지겠지. 같은 동에 같은 라인이니까. 우연하게도 소파와 소파 앞 탁자까지의 구조도 같아. 그런데 네 설명을 듣다 보니 뭔가 걸리는 게 있었어."

"뭐, 뭔데?"

참을 수 없는 호기심에 내가 물었다. 은기가 벌떡 일어나 식탁 앞으로 걸어 갔다.

"내 기억이 맞는다면 아줌마 키는 백육십 센티미터 정도 될 거야. 그리고 넌 아줌마가 여기 서 있었다고 했어." 은기는 우식이 가리켰던 자리에 섰다. "아줌마가 아저씨에게 달려든 걸 감안한다 처도, 아저씨에게 밀쳐진 뒤 두 발자국 뒷걸음질 쳐서는 허리 높이의 식탁 모서리에 도저히 머리를 부딪칠 수가 없어." 은기는 스스로 식탁까지 뒷걸음질 쳤다. 식탁의 모서리에 은기의 등이 닿았다. "이렇게 식탁 모서리는 아줌마 등에서 걸리고 말아."

나는 숨을 죽이고 은기의 말에 집중했다. 우식은 고개를 숙이고 있었다. 은기가 식탁 모서리를 만지작거렸다.

"아줌마의 뒤통수가 여기에 닿으려면……."

"그, 그만." 우식이 고개를 번쩍 들었다. "내가…… 이야기할게. 그날 내가 방에 있던 건 사실이야."

나는 차마 우식의 얼굴을 똑바로 쳐다볼 수 없었다. 지금 이 순간 우식은 어떤 표정을 짓고 있을까. 떨리는 우식의 목소리가 거실에 내리깔렸다.

"내 방 침대에서 이불을 뒤집어쓰고 있었어. 그런데 아빠가 다급하게 날 부르는 소리가 들렸어. 큰일 났다 싶었어. 서둘러 거실로 나가보니 엄마는 칼을 들고 있었고 아빠 왼팔에 피를 흘리고 있었어. 난 너무 무서워서 한 발자국도 움직일 수 없었어. 그때 아빠가 내게 신고해달라고 말했어. 그러면서 엄마 뒤쪽을 가리켰어. 아빠 휴대폰이 엄마 뒤에 떨어져 있더라고. 엄마는 흥분 상태였어. 잘못하다간 아빠가 죽을지도 모른다고 생각했어. 난 용기를 내서 휴대폰을 잡으러 갔어. 그리고 휴대폰에 손을 뻗은 순간……."

"비명이 들렸지. 아니면 고함인가?"

은기의 말에 우식이 두 손바닥으로 얼굴을 감쌌다. 훌쩍이는 소리와 함께 우식의 어깨가 몹시 떨렸다.

"흑흑. 나, 난…… 순간적으로 머리를 감싸고 웅크렸어. 그런데 등에, 내 등에……."

"아줌마가 걸려 넘어지셨지. 완전히 중심을 잃은 아줌마는 그대로 식탁 모서리에 머리를 찧은 거야."

우식은 손으로 얼굴을 감싼 채 고개를 끄덕였다.

충격적인 우식의 고백에 나는 아무 말도 꺼낼 수 없었다. 은기도 눈물을 흘리는 우식을 가만히 지켜봤다. 한참을 훌쩍이던 우식은 어느 정도 진정됐는지 얼굴에서 손을 뗐다. 벌게지고 눈물범벅인 우식의 얼굴이 드러났다.

"시간이 얼마나 지났는지 모르겠어. 계속 웅크려 있었거든. 도저히 고개를 들 수가 없었어. 무서웠어. 나 때문에 엄마가 잘못됐으니까. 아빠는 내게서 휴대폰을 가져갔어. 그리고 일일구에 신고 전화를 했어. 그런데, 그런데 말이야……." 망설이는 우식의 눈에서 눈물방울이 연신 흘러내렸다. "아빠가 휴대폰을 가져간 그 자리에 긁힌 자국이 있었어. 분명히 전에는 없던 자국이야. 전날 내가 걸레로 바닥 청소를 했으니까. 그런데 하루 만에 거실 나무 바닥에 긁힌 자국이 생겨 있었어."

"그 말은 아저씨가 사전에 휴대폰을 놔둘 장소를 표시해뒀다는 거야?"

은기의 물음에 우식은 말을 잇지 못했다. 은기는 재차 물었다.

"어쨌든 긁힌 자국 위에 아저씨 휴대폰이 떨어져 있었고, 네가 그곳에 오자마자 비명이 들렸다는 거지? 그 비명은 아줌마가 지른 거야? 아저씨가 지른 거야?"

"나, 나도 모르겠어. 기억을 떠올리려고 해도 도저히 생각이 안 나."

"그때부터 아저씨를 의심하기 시작한 거구나."

"아빠 말했어. 엄만 나 때문에 죽은 게 아니라고. 이건 사고라고. 하지만 이대로라면 분명 난 경찰에게 조사를 받아야 하고 잘못되면 감옥에 가야 하니까 모든 건 아빠에게 맡기라고 했어.”

“그래서 넌 경찰에게 사건이 벌어질 당시 방에 있었다고 진술했던 거구나.”

우식이 천천히 고개를 끄덕였다.

“지금 네 애기를 경찰에게 해도 재판 결과는 변함없을 거야. 사진을 합성하고 칼을 올려둔 것만으로는 아줌마가 칼을 들고 공격하도록 아저씨가 의도했다고 볼 수 없을 테니까. 그건 너도 마찬가지야. 비명에 놀라 몸을 웅크린 너를 이용해 아줌마를 죽인 것도 고의성을 입증할 순 없어.”

“하지만 난 이제 아빠가 무서워. 엄마의 정신병을 아빠가 만든 것만 같아. 엄만 정상이었는데 십 년 동안 아빠가 엄마를 미치게 만든 것 아닐까? 나도, 나도 엄마처럼 미쳐가는 건 아닐까…….”

은기가 우식의 어깨를 꽉 붙잡았다.

“이제 네 보호자는 아저씨뿐이야. 네가 우릴 찾아온 이유는 충분히 알겠어. 하지만 지금의 넌 아무것도 할 수 없어. 아줌마가 정말로 머리가 아파서 아저씨가 어쩔 수 없이 찾은 것일지도 몰라. 너와 아저씨가 안전하게 함께 살 방법을 말이야. 아줌마가 아저씨를 찌르려 한 건 아저씨가 의도한다고 되는 게 아니야. 정말로 목숨의 위협을 느낀 아저씨가 어쩔 수 없었을 수도 있지.”

은기가 붙잡은 우식의 어깨를 놓고 돌아섰다.

"선택은 네 몫이야. 하지만 네가 아저씨를 믿지 못한다 해도 넌 성년이 될 때까지 버티는 수밖에 다른 방법은 없어."

우식은 다시 손바닥에 얼굴을 파묻었다.

녀석은 한참 동안이나 울음을 쏟아내고 나서 은기의 집을 나섰다.

그 뒤로 우식을 다시는 보지 못했다.

우식이네 가족이 떠나고 아파트에는 몇몇 아줌마를 중심으로 흉흉한 소문이 돌았다.

우식이 아저씨가 아줌마 이름으로 가입된 거액의 사망보험금을 지급받았다더라, 칼에 찔리면서까지 이혼하지 않은 이유가 보험금 때문이었다더라, 아줌마의 죽음 또한 미심쩍다더라.

이런저런 소문은 꼬리에 꼬리를 물고 커져갔다.

깜짝 놀란 나는 우식에게 소문을 전하고 싶었지만 한순간 망설여졌다. 우식에게 말하는 것이 정말 우식을 위한 일인지 판단이 서지 않았기 때문이다.

하긴 이사 간 주소와 연락처도 남겨놓지 않았으니 연락하고 싶어도 할 수가 없었다.

가끔 위층에서 발소리가 들릴 때면 우식의 서글픈 얼굴이 떠오른다.

아빠가 좋아? 엄마가 좋아? 태어나 처음 말이 트일 때부터 우리에게 던져진 그 질문에 우식이 어떤 답을 내렸을지 잘 모르겠다.

어느 쪽 답을 내렸든 그저 잘 지내고 있기를…….

잔혹했던 3학년 가을이 지나간다.

세 번째 작품

상흔

1.

인천지법 형사15부(박창현 부장판사)는 현주조건물 방화치사 및 존속살해 혐의로 기소된 견○○ 씨(18)에게 징역 25년을 선고했다. 앞서 견 씨는 지난 1월 10일 인천 부평구에 위치한 다세대 주택에서 술에 취해 잠든 아버지 B 씨(55)를 두고 방에 불을 질러 숨지게 한 혐의와 불이 건물에 번져 위층에서 잠을 자던 모자 C 씨(33)와 D 군(10)을 숨지게 한 혐의로 재판에 넘겨졌다.

견 씨는 사건 당일 "주방에서 불이 치솟았다"고 119에 신고했으며, 화재 발생 뒤 조사에 나선 경찰은 견 씨의 손에 묻은 인화성 물질과 인근 슈퍼에서 인화성 물질을 구매하는 폐쇄회로를 포착, 신문을 통해 범행 일체를 자백받았다. 경찰은 평소 학대를 일삼는 아버지 B 씨의 폭력을 이기지 못한 견 씨가 충동적으로 불을 질렀다고 전했다.

매일 아침 루틴을 돌듯 포털 사이트에서 뉴스를 검색하던 나는 눈에 띄는 이름 석자를 발견하고 나서 온몸이 감전된 듯 소름이 돋았다.

설마……. 대수롭지 않게 넘기려 했지만 목구멍 안쪽에 생선 가시가 걸린 듯 쉴 틈 없이 신경을 자극했다. 과연 우연의 일치일까? 견 씨가 희소한 성씨이기 때문만은 아니었다. 지금껏 애써 무시했던 의혹이 이 기사로 다시 깨어났다.

의심을 잠재울 방법은 하나밖에 없었다. 직접 확인해보는 수밖에…….

이른 아침부터 어딜 가느냐는 엄마의 물음에 대충 얼버무리고 자전거에 몸을 실었다. 요란하게 울리는 휴대폰을 무시하고 지체 없이 태조산 각원사로 자전거 페달을 밟았다.

어스름했던 거리는 떠오른 태양 아래 환하게 밝았다.

나는 자전거를 아무렇게나 내팽개치고 각원사 돌계단을 뛰어 올라갔다. 숨을 할딱이며 거대한 청동아미타불상 앞에 도착하니 그새 중천에 뜬 해가 따갑게 내리쬤다.

소매로 이마에 홍건한 땀을 닦아냈다. 청동 불상을 빙 둘러 뒤편으로 발걸음을 옮겼다. 귀가 따갑도록 귀뚜라미가 울어대는 산속 사찰 후미에서 준비해 간 삽을 흙바닥에 힘껏 내리꽂았다.

수차례 삽질을 하고 나니 삽 끝에 딱딱한 무언가가 닿는 느낌이 들었다. 그제야 기억이 틀리지 않았음을 깨달았다. 자신감이 붙어 더욱 힘차게 땅을 파냈다. 마침내 땅속에 묻혀 있던 작은 봉분 모양의 플라스틱 캡슐이 드러났다.

맞았다. 기억은 정확했다.

나는 삽을 집어 던지고 냅다 엎드려 캡슐 주변의 흙을 손으로 훑어냈다. 그리고 조심스레 캡슐을 들어 올렸다.

"하아······."

안에 가득한 내용물을 보니 이제껏 잊고 있던 감정이 북받쳐 올라왔다. 추억과 걱정이 뒤얽힌 복잡한 심정에 나도 모르게 한숨이 새어 나왔다.

2.

"준비는 다했어?"

은기의 물음에 나는 어깨를 으쓱하고 손에 든 모종삽을 들어 보였다.

"물론이지."

"오케이. 좋아. 가보자고."

나는 경쾌하게 앞장서는 은기를 뒤쫓았다. 천안 아파트 1층에 모인 우리는 서둘러 어두컴컴한 복도를 지나 정문 밖으로 향했다. 정문을 나서자마자 4월의 따사로운 햇살이 우리를 감쌌다. 눈부신 햇빛에 한껏 눈을 찡그린 나는 가슴이 두근댔다.

이게 뭐라고. 머릿속엔 벌써부터 수년 뒤의 내가 그려지는 것 같았다.

발단은 며칠 전이었다.

우리 집에 놀러 온 은기가 제집인 양 소파에 앉아 리모컨을 만지작거릴 때였다.

"충호."

"응. 왜?"

"우리도 해보자."

"뭘?"

"저거."

딴생각에 잠겨 있던 내가 고개를 돌리자 은기가 TV 쪽으로 손가락질하고 있었다. TV에서는 철 지난 한국 영화가 방영 중이었다.

"대체 뭔데 그래?"

중얼거리며 화면을 보니 웬 남녀가 언덕 위 커다란 소나무 아래서 뭔가를 열심히 파묻고 있었다. 파묻은 곳에 손으로 돌무더기를 쌓는 장면을 보고 나서 되물었다.

"뭘 파묻는 건데, 시체?"

은기는 어이없다는 표정으로 나를 쳐다보더니 입을 열었다.

"시체를 저렇게 아기자기하게 파묻겠냐."

하긴 둘 사이는 커플로 보였고 돌무더기에 온갖 정성을 들이는 모습이었다.

"그럼 설마 아기?"

"이런, 미친……."

나는 은기의 입에서 욕설이 튀어나오기 전에 선수 쳤다.

"농담이야. 농담! 이딴 오래된 영화는 언제부터 보고 있던 거야. 참나, 딴생각하느라 못 봤어. 그냥 알려줘."

은기가 한껏 진지한 표정으로 말했다.

"타임캡슐."

"타임캡슐?" 어디선가 들어본 적이 있는 말이었다. 머릿속으로 되뇌자 불현듯 떠오르는 것이 있었다. "아! 미래의 나에게 전하고픈 물건과 편지를 쓰고 땅속에 묻는 거?"

그제야 은기가 만족스러운 얼굴로 고개를 끄덕였다.

"맞아. 재미있을 것 같지 않아? 우리도 해보자."

은기의 눈이 반짝였다.

매일같이 사람 죽이는 미스터리만 보는 녀석인데 이럴 때면 영락없이 순진무구한 초딩이다. 저 기대 가득한 표정. 이제 와서 거부해야 소용없다는 걸 잘 알고 있었다. 나는 억지 웃음을 지으며 고개를 주억거렸다.

 기다리던 토요일.

 은기는 부리나케 아침을 먹고 우리 집으로 찾아왔다. 녀석의 배낭이 불룩하게 솟아 있었다. 온라인 쇼핑몰에서 영화에 나왔던 것과 같은 계란형 캡슐을 구매했단다. 계란형 캡슐이라지만 모양만 계란이지, 크기는 타조알보다 컸다.

 타임캡슐을 묻을 장소도 이미 정해두었다.

 아파트에서 버스로 30분이면 갈 수 있는 곳에 위치한 태조산 각원사였다. 각원사는 높이 15미터, 무게 60톤의 거대한 청동아미타불상이 유명한 곳으로, 그곳에 캡슐을 묻는다면 아무리 시간이 지나도 변함없이 그 자리에 묻혀 있을 것이라는 계산에서였다.

 사실 버스를 탈 것 없이 아파트 뒷산인 월봉산에 묻으면 그만이었다. 하지만 작년 월봉산에서 은기 할머니가 크게 다친 뒤로는 은기는 뒷산에 오르는 자체를 꺼리는 눈치였다.

 은기를 따라 아파트 1층 출입구를 나서자 눈으로 햇빛이 쏟아져 들어와 시야가 온통 하얗게 변했다. 서서히 눈이 익숙해지자 아파트 입구에 우두커니 서서 무엇인가 보고 있는 은기가 보였다. 은기의 시선을 따라가니 입구 가까이 주차된

파란색 용달차가 눈에 들어왔다. 장롱과 서랍장 몇 개 그리고 단출한 살림살이가 그물망으로 고정돼 있었다.

이사 왔나?

용달차 머플러에서 새어 나오던 검은 연기가 멎었다. 이어서 운전석 차 문이 열리고 국방색 탱크톱을 입은 우락부락한 아저씨가 내렸다. 아직 4월이라 서늘한데 아저씨는 이미 한여름이었다. 탱크톱 아저씨가 짐칸 고리에 묶인 그물망 매듭을 푸는 사이 조수석 문이 열리고 지팡이를 짚고 머리가 희끗한 노인과 양 갈래로 머리를 딴 소녀가 차례로 내렸다.

멈춰선 은기의 얼굴을 슬쩍 봤다. 은기의 시선이 소녀에게 고정돼 있었다.

"왜? 아는 애야?"

"아, 아니. 그냥 누굴 좀 닮은 거 같아서."

"누구?"

내 물음에 잠시 머뭇거리던 은기가 답했다.

"전지현."

"픕!" 나도 모르게 웃음이 터져 나왔다. "너 아직도 '엽기적인 그녀'에서 못 빠져나오고 있는 거냐?"

아무 말 못 하는 녀석의 볼이 발그레 물들었다.

녀석은 언제나 이랬다. 생각지도 못한 것에 꽂혔고 일단 한 번 꽂히면 어떻게든 직진이었다. 우연히 채널을 돌리다

얼어걸린 철 지난 영화, '엽기적인 그녀' 속 타임캡슐을 묻는 장면에 꽂혀 타임캡슐을 묻자더니, 이번엔 이제 막 이사 온 소녀가 영화 속 주인공인 전지현과 닮았다고?

나도 모르게 하늘을 보며 손바닥으로 이마를 짚었다.

아, 벌써 피곤해지는 건 왜일까.

"안녕."

예상치 못한 목소리에 깜짝 놀라 앞을 보니 전지현을 닮았다는 소녀가 서 있었다. 은기가 대놓고 쏘아댄 강렬한 시선 때문일 것이다.

은기가 어색하게 손을 흔들었다.

"아, 안녕."

엉겁결에 나도 따라 인사했다.

가까이서 본 소녀는 솔직히 전지현과는 거리가 있었다. 역시 영화에 눈이 뒤집힌 은기만의 착각이었다. 다만 예쁘지 않은 건 아니었다. 호기심 가득한 눈으로 우리를 바라보는 소녀는 특유의 생기발랄함이 얼굴에 가득 서려 있었다. 오밀조밀한 이목구비에 커다란 눈망울과 새하얀 치아. 나도 모르게 침을 꿀꺽 삼켰다.

"그게 뭐야? 어디 가?"

"이, 이거? 삽이야 삽."

손에 삽을 들고 허공에 땅 파는 시늉을 했다. 뭐지? 내가 왜 이렇게 오버하는 거야? 때마침 은기가 말을 보탰다.

"타임캡슐 묻으러 가는 길이야."

"타임캡슐? 어디에?"

소녀가 호기심 어린 눈으로 되물었다.

"각원사라는 절. 여기서 버스 타고 한 삼십 분쯤 걸려. 그런데 오늘 이사 온 거야?"

소녀가 가볍게 고개를 끄덕이며 말했다.

"응. 난 열한 살, 이름은 이레야. 너네는?"

"우리도 열한 살. 난 충호고 이쪽은 은기야."

"반가워. 근데 타임캡슐이 뭐야?"

이레의 물음에 은기가 설명을 시작했다. 설명을 듣는 이레의 눈이 호기심으로 반짝거렸다. 귀를 기울이는 이레에게 내가 넌지시 물었다.

"괜찮다면 우리랑 같이 갈래?"

"정말? 그래도 돼?"

1초의 망설임도 없이 이레가 반겨 물었다. 나와 은기는 힘차게 고개를 끄덕였다.

"뭐, 캡슐에 아직 공간이 있으니 네 물건까지는 충분할 거야."

은기의 말에 내가 덧붙였다.

"스무 살 성인이 되는 날 꺼낼 거야. 캡슐에 담을 의미 있는 물건을 가져와. 우린 미리 준비해왔어."

"그래? 알았어. 조금만 기다려."

이레는 몸을 돌려 후다닥 용달차로 뛰어갔다. 씨름 선수 뺨치는 덩치의 아저씨 둘이 서랍장 양 끝을 잡아 내리고 있었다. 아저씨들과 마찬가지로 인상이 험상궂은 할아버지는 주차장 맞은편 벤치에 앉아 먼 산을 바라보고 있었다.

잠시 후, 용달차에 실린 짐을 뒤적거리던 이레가 양 갈래 머리칼을 휘날리며 우리 쪽으로 달려왔다.

"헉헉. 가져왔어."

이레의 손에는 길쭉한 오레오 화이트쿠키 상자가 쥐어져 있었다.

설마 과자를 넣은 건 아닐 테고. 상자 안에 무엇이 들었을지 궁금했지만 캡슐에 담은 물건은 다시 여는 날 공개하기로 했다. 스무 살이 되는 날까지는 참아야만 한다.

"그럼 가볼까?"

은기가 돌격 지시를 내리는 장군처럼 아파트 정문을 가리켰다. 우리는 앞장서는 은기를 따라 아파트 밖으로 향했다.

내가 용달차 옆을 지나던 찰나, 마침 짐칸에 걸터앉아 담배를 피우던 탱크톱 아저씨가 나를 빤히 쳐다봤다. 매서운 눈빛에 소름이 쭈뼛 돋았다. 눈길을 피하려 했지만 아저씨와 정면으로 눈이 마주쳤다. 서둘러 시선을 아래로 내리니 담배를 쥔 팔뚝에 저절로 눈길이 갔다. 볕에 탄 팔에 단단한 근육이 박혀 있었고 세로로 뻗은 힘줄이 불거져 있었다.

"어디 가는데?"

살짝 가래가 끓는 걸죽한 목소리. 순간 발바닥이 땅에 달라붙었다.

뭐, 뭐라고? 왜 내게 그런 걸 묻는 거지.

심장이 방망이질 쳤다. 혼란스러운 상태에서 입을 떼려고 달싹하던 찰나, 등 뒤에서 들리는 목소리에 순간적으로 고개가 돌아갔다.

"친구들이랑 놀다 올게, 아빠."

정신이 아득해졌다. 아, 아빠라고? 저 덩치가?

그제야 상황이 이해됐다. 아저씨는 나를 노려본 게 아니었다. 내 뒤를 따르던 이레를 쳐다본 것이었다. 저 이글거리는 눈이 딸을 바라보는 눈빛이었다니.

"할아버지 혼자 계시니까 금방 다녀와라."

쿨하게 한마디를 내뱉은 아저씨는 이야기가 끝났다는 듯 코를 길게 들이마시더니 길바닥에 퉤 하고 침을 뱉었다.

고개를 끄덕이는 이레의 표정이 잠시 굳었다 풀어졌다. 서둘러 발걸음을 재촉해 용달차에서, 아니 아저씨에게서 멀어진 우리는 아파트와 뒷산을 경계 짓는 철문을 지났다. 뒷산으로 통하는 탁 트인 흙길에는 겨우내 꽁꽁 얼었던 땅이 물러져 푸르른 새싹이 올라오고 있었다.

"아버지 운동하셔?"

내가 조심스럽게 묻자 이레가 대수롭지 않게 대답했다.

"아니. 건설 노동자셔. 건설 현장이 있는 곳이면 어디든 가서 한 달이고 두 달이고 공사가 끝날 때까지 있다 와."

"아, 그렇구나."

내가 고개를 끄덕이자 이레가 다시 입을 열었다.

"함께 짐을 나르던 아저씨는 아빠랑 같이 일하는 친한 삼촌이야."

그때 은기가 눈치 없이 끼어들었다.

"엄마는?"

"엄마는 내가 아주 어렸을 때 집을 나갔대."

역시 대수롭지 않은 듯한 이레의 대답에 나는 아무 말도 할 수 없었다. 은기도 급히 대답할 말을 고르는 것 같았다. 우리의 난처한 표정을 본 이레가 덧붙였다.

"괜찮아. 하도 어릴 때라 엄마 기억도 없어. 그보다 버스 정류장은 멀었어?"

"조, 조금만 더 가면 돼. 한 삼 분 정도?"

옆에선 은기도 빠르게 고개를 끄덕였다.

구름 한 점 없는 하늘은 눈이 부시게 푸르렀다.

그 하늘에 닿을 듯 커다란 청동 불상 뒤편에 우리는 쪼그
려 앉았다.

땀을 뻘뻘 흘리며 힘겹게 판 구덩이에 나와 은기가 노란색
타임캡슐을 조심스레 내려놓았다. 캡슐은 자로 잰 듯 정확
하게 구덩이에 들어맞았다. 캡슐 안에는 이레의 과자 상자를
포함해 세 개의 상자가 들어갔다. 각각의 상자 안에는 미래
의 자신에게 보낼 소중한 물건과 편지를 넣었다.

"자, 이제 묻는다?"

소매로 이마의 땀을 닦으며 내가 묻자 흙투성이의 은기와
이레가 의미심장한 눈빛을 보냈다.

동의로 이해한 내가 가장 먼저 삽으로 흙을 떠 구덩이에
던졌다. 플라스틱 타임캡슐에 흙이 부딪쳐 '후두둑' 하는 소
리가 났다. 이어서 은기와 이레가 돌아가며 흙을 떠 던졌다.
분위기는 사뭇 엄숙했다. 외국 영화 속 조직 보스의 장례식
장면이 연상됐다.

흙을 다 덮고 발로 단단하게 땅을 고르고 나서야 의식이
끝났다. 그제야 우리는 표정을 풀고 입가에 미소를 띄울 수
있었다.

"스무 살에 함께 꺼내는 거라 그랬지?"

이레가 재차 확인하듯 내 어깨를 잡고 묻기에 나는 그렇다
고 답했다.

미소를 머금은 이레는 스무 살의 그날을 상상하는 것 같았다. 잔뜩 흙이 묻은 볼에 발그레 홍조가 피었다. 그런 이레의 옆얼굴을 보자 갑자기 가슴이 두근거리기 시작했다. 갑작스러운 몸의 변화에 내 시선은 갈 곳을 잃고 허둥댔다. 그러다 문득 올려다본 하늘에 기분이 상쾌해졌다.

스무 살의 난,

은기는,

그리고 이레는 어떤 모습을 하고 있을까?

3.

당연하지만 캡슐을 묻고 며칠이 지나 이레는 천안 초등학교로 전학 왔다.

선생님의 소개를 받아 교단 위에 선 전학생 이레를 보고 나는 곧바로 뒤에 앉은 은기를 향해 고개를 돌렸다. 은기의 입꼬리가 한껏 올라가 있었다. 나도 저런 어벙한 표정을 지었을까? 아이들에게 인사하던 이레도 나와 눈이 마주치자 한쪽 눈을 찡긋거렸다.

또다시 얼굴에 열이 오르고 심장이 나대기 시작했다.

이레와 같은 반이 되었지만 이사 왔던 그날처럼 친하게 지내지는 못했다.

군이 우리와 친할 이유가 없었다. 이레는 붙임성 있는 성격에 외모가 귀여워 반 여자아이들이 너도나도 단짝이 되길 원했기 때문이다. 우리에게까지 올 차례가 없었달까.

그저 멀리서 바라보는 정도, 그나마 마주치면 인사나 하는 정도에 만족해야 했다.

뭐, 그때의 난 그 정도가 최선이었다.

은기와 함께 소년 탐정단 놀이를 하느라 시간이 쏜살같이 지나갔다.

통학로를 온통 수놓던 벚꽃이 지고 창문을 열어놓으면 선생님 말씀이 들리지 않을 정도로 매미가 시끄럽게 울어대는 여름이 왔다.

그동안 이레를 바라보는 내 마음에는 '걱정'이라는 감정이 추가됐다.

이레의 출결 상태는 그다지 좋지 않았다.

무단결석이 잦았고 다시 등교하는 날이면 어김없이 몸에 반창고를 붙이고 나타났다. 봄에는 몰랐던 사실인데 이레는 반소매 옷을 절대 입지 않았다. 장마철 습기 탓에 숨이 턱턱 막히는 7월에도 언제나 긴소매 옷을 고집했다. 체육 시간이 되면 홀로 교실을 빠져나가 두꺼운 긴팔 체육복으로 갈아입고 돌아왔다. 원래 여자들은 남자들이 모두 교실을 나간 뒤 옷을 갈아입는데 이레는 아무래도 따로 화장실에서 갈아입는 듯했다. 여자아이들은 그런 이레의 행동을 그다지 신경 쓰지 않는 듯했다.

가끔 치마를 입고 올 때면 무릎과 정강이에 파랗게 물든 멍 자국이 시선을 잡아끌었다.

덜렁대는 성격 탓일까, 아니면 다른 이유가 있는 것일까. 친구와 명랑하게 이야기하는 얼굴 뒤로 남 모르는 아픔이 있는 걸까? 가끔 멍하니 창밖을 바라보는 이레의 옆얼굴을 훔쳐 보는데 나도 모르게 한숨이 새어 나왔다.

어릴 적 집을 나간 엄마, 오래도록 집을 비우는 아빠, 그리고 홀로 이레를 돌보는 노쇠한 할아버지.

같은 아파트, 같은 반이지만 아는 건 딱 그 정도였다.

생각하지 않으려 했지만 자꾸 마음이 갔다. 궁금했다. 눈길이 갔다. 침대에 누우면 온갖 잡생각이 몰려들어 나를 괴롭혔다.

그러던 어느 날, 마침내 기회가 찾아왔다.

오랜 장마가 끝나고 모처럼 하늘이 갠 금요일.

여름 방학을 며칠 앞두고 하교 시간에 담임 선생님이 부모님께 드릴 통신문을 나눠주었다. 나는 통신문을 가방에 쑤셔 넣고 선생님이 나가면 바로 튀어 나갈 준비를 했다. 하지만 선생님은 할 말이 남은 듯 통신문 한 장을 손에 들고 우리를 둘러봤다.

"이레랑 친한 사람이 누구지?" 선생님의 물음에 어수선하던 교실이 한순간에 조용해졌다. 이레는 화요일부터 결석 중이었다. 아이들은 고개를 휙휙 돌리며 누가 손을 들지 살폈다. "아, 아니지." 선생님은 교탁으로 시선을 내리더니 질문을 바꿨다. "이레랑 같은 아파트에 사는 친구?"

나는 어깨에 두르고 있던 가방을 도로 내렸다. 순간 손을 들어야 하나 말아야 하나 고민하는 사이 등을 두드리는 은기의 손가락이 느껴졌다.

"우리잖아. 손 들어."

나직이 은기가 속삭였다. 지가 들면 될 것을……. 마지못해 보일 듯 말 듯 천천히 손을 들었다. 선생님이 턱으로 나를 가리켰다.

"아, 충호구나. 충호는 잠깐 선생님 보고 가고. 자, 그럼 여러분은 다음 주에 봐요."

선생님의 말을 끝으로 교실은 다시 왁자지껄해졌다. 여기저기 의자 끌리는 소리에 이어 아이들이 우수수 교실을 빠져나갔다. 나와 은기가 교탁 옆 책상에 앉은 선생님 앞에 서자 선생님이 고개를 들었다.

"왔니? 너희가 가서 이 통신문 좀 전해줄래?"

나는 통신문을 받아 들며 물었다.

"이레는 왜 안 나오는 거예요?"

“몸이 아프다더구나.”

“많이 아픈가요?”

내가 묻자 선생님은 쓴웃음을 지었다.

“솔직히 나도 잘 모르겠어. 너희들이 가보고 알려줄래?”

선생님이 모르다니. 그게 말이 되는 건가. 선뜻 이해가 가지 않았지만 머릿속 생각을 입 밖에 내지는 않았다. 우리는 꾸벅 인사를 하고 교실을 빠져나왔다.

“아 덥다 더워.” 은기가 티셔츠를 손끝으로 붙잡고 펄럭거렸다. “이레네 집에 바로 갈 거지?”

내가 고개를 끄덕이자 은기가 인상을 찌푸렸다.

“땀을 흘렸더니 몸이 끈적거려. 불쾌해.”

“근데 친구 집에 처음 찾아가는데 빈손으로 가긴 좀 그렇지 않냐?” 가방을 뒤적이자 네모반듯하게 접힌 만 원짜리 지폐가 나왔다. 비상금이었다. 문득 시선이 느껴져 고개를 드니 은기가 고개를 쭉 내밀고 나를 빤히 쳐다보고 있었다. “왜, 왜 그래? 내 얼굴에 뭐 묻었어?”

은기의 올라간 입꼬리가 실룩거렸다.

“너…….”

“뭐, 왜?”

“너 걔 좋아하지?” 순간 뒤통수를 얻어맞은 것처럼 멍하니 서 있는데 은기가 확신에 차 말했다. “내가 네 뒷자리 아니냐. 보기 싫어도 보이던데? 네가 쉬는 시간뿐만 아니라 수업 중에도 이레를 흘끗거리는 게. 예끼! 요 녀석!"

은기가 손가락을 들이대며 킬킬거렸다. 얼굴이 불에 댄 듯 화끈거렸다. 아마 새빨갛게 물들었을 것이다. 부정할까 잠시 고민했지만 눈치 빠른 탐정 은기를 속이는 것은 부질없음을 깨달았다. 한참을 망설이다 어쩔 수 없이 인정했다.

"그…… 뭐…… 그래."

은기는 뭐가 그리 신나는지 어퍼컷 자세를 취했다.

"짜식, 순진하기는."

나는 질 수 없다는 듯 말했다.

"너도 전지현 닮았다고 좋아했잖아."

은기는 두 팔을 쭉 펴더니 엑스자로 교차시켰다.

"전지현을 닮았댔지, 좋아한다고 한 적은 없는데? 그리고 난 그렇게 그늘진 애는 취향이 아냐."

그늘졌다고? 항상 웃는 얼굴로 친구와 함께 있는 모습을 본 나는 은기의 말이 선뜻 이해되지 않았다.

"자." 은기가 꼬깃꼬깃한 오천 원권을 선심 쓰듯 내밀었다. "내 돈도 보태주마."

은기는 하얀 이를 드러내며 환하게 웃었다.

우리는 아파트 입구에 있는 에브리데이마트에 들러 과자를 한 봉지 가득 샀다. 처음 만난 날 이레가 가져왔던 오레오 쿠키를 포함해 카스타드, 땅콩 맛 오예스, 초코파이와 후렌치파이 그리고 1.5리터 델몬트 오렌지 주스를 샀다.

"뭘 좋아할지 몰라 다 준비했어, 이거냐?"

은기의 말에 웃음이 터졌다. 그렇게 농담도 하고 장난도 치면서 왔건만 막상 이레가 사는 402호 문 앞에 서니 조금 긴장됐다. 봉지를 든 나 대신 은기가 초인종을 눌렀다. 철문 안쪽으로 전자음 멜로디가 새어 나왔다. 하지만 안에서는 아무런 기척이 없었다.

"아무도 없는 거 아냐?"

"그럴 리가." 내가 철문에 귀를 바짝 댔다. "희미하게 텔레비전 소리가 들리는 거 같은데……."

고개를 갸우뚱거린 은기가 철문을 가볍게 두드렸다.

"계세요? 아무도 안 계세요? 이레 친구인데 이레 만나러 왔어요."

문을 두드리는 소리가 복도에 울렸다. 이대로는 옆집에 민폐를 끼칠 것 같아 내가 은기의 어깨를 붙잡았다. 돌아보는 은기에게 고개를 가로저었다.

"아무도 없나 봐."

은기의 얼굴에 실망감이 비쳤다. 우리가 현관문에서 돌아서려던 그때였다.

문 안쪽에서 쿵쿵거리는 발소리가 들려왔다. 이어서 굳게 닫혀 있던 문이 열렸다.

"아, 안녕하세요."

순간적으로 인사가 튀어나왔다.

고개를 빠끔히 내민 사람은 기다리던 이레가 아니었다. 겨드랑이가 노랗게 변색된 러닝셔츠를 입고 미간을 잔뜩 찌푸린 할아버지가 우리를 내려 보고 있었다. 흰자위 가득한 눈을 보고 있자니 절로 오금이 저렸다. 할아버지는 다짜고짜 손바닥을 번쩍 들었다. 위협을 느낀 나는 냅다 허리를 숙이고 말했다.

"이레와 같은 반 친구인데 선생님 심부름 왔어요."

다행히 뒤통수 강타는 없었다. 다만 돌아오는 대답도 없었다. 고개를 슬쩍 들고 할아버지 안색을 살폈으나 희번덕거리는 눈은 그대로였다. 그러다 할아버지의 탁한 눈동자가 아래로 떨어졌다.

눈동자는 분명 비닐봉지를 향해 있었다. 손에 든 과자 봉지를 들어 보이자 할아버지는 거두지 않은 손으로 냅다 봉지를 낚아채더니 문 뒤로 사라졌다. 멀어지는 발소리 사이로 방정맞은 웃음소리가 들려왔다.

전혀 예상치 못한 상황. 나와 은기는 서로를 마주 보고 아무 말도 할 수 없었다. 분명 정상적인 모습은 아니었다. 은기의 얼굴은 딱딱하게 굳어 있었다.

"들어가 보자."

미처 말릴 틈도 없이 은기가 반쯤 열린 문을 열고 들어갔다. 은기를 따라 신발을 벗고 거실로 들어서자 생각지도 못한 광경이 나왔고 나도 모르게 숨을 삼켰다.

커튼을 치지 않아 어두컴컴한 거실을 유일하게 밝히는 TV 화면, 우리와 등을 지고 소파에 앉아 허겁지겁 과자 봉지를 찢는 할아버지, 거실 바닥을 굴러다니는 소주와 맥주병들, 언제부터 있었는지 모를 젓가락이 꽂혀 있는 국물 가득한 컵라면 용기, 온갖 과자 봉지와 쓰레기가 거실과 탁자에 그대로 방치돼 있었다. 쾌쾌한 악취가 코를 찔러 고개를 돌리자 싱크대 위로 식기가 한가득 쌓여 있었다. 썩어가는 음식 찌꺼기 위로 파리들이 들락거렸다.

가만히 서 있는데도 겨드랑이에 땀이 배어났다. 숨 막히는 더위와 불쾌한 습기.

이레는 이런 곳에서 사는 건가.

복잡한 감정이 소용돌이쳤다. 그때 살짝 열린 방문 안에서 이레의 목소리가 들렸다.

"안녕."

우리는 일제히 방으로 고개를 돌렸다. 어두컴컴한 방 안쪽으로 이레의 실루엣이 보였다.

"들어가도 돼?"

은기의 물음에 이레가 작게 고개를 끄덕였다.

"응. 들어와."

나는 무언가에 홀린 듯 거실보다 더 어두컴컴한 방으로 들어갔다.

"방이 너무 어두워. 불 좀 켤게."

"어! 안 돼!"

이레가 황급히 소리쳤으나 뒤따라 들어오던 은기가 한발 앞서 전등 스위치를 올렸다. 갑자기 환해진 불빛 때문에 일시적으로 눈이 부셔 앞이 보이지 않았다. 양 눈꺼풀을 지그시 누르고 다시 뜨자 방 한가운데 이레가 두 손으로 얼굴을 가리고 서 있었다. 눈이 부셔서 그렇다기에는 뭔가 부자연스러웠다.

"왜 그래? 무슨 일인데……."

내가 머뭇거리며 묻자 얼굴을 가리고 있던 이레의 손이 천천히 내려갔다.

"헉!" 나도 모르게 탄식이 나왔다. 이레의 왼쪽 눈 주변이 새파랗게 물들어 있었다. "어떻게 된 거야? 누가 그랬어?" 내 목소리는 몹시 떨렸다.

그러나 내 걱정과는 반대로 이레의 파란 눈이 초승달 모양으로 변했다. 혀를 쏙 내민 이레는 멍 자국을 설명했다.

"거실 바닥에 동전을 떨어트렸지 뭐야. 정신없이 찾다가 탁자 모서리에 눈을 찧었어. 어찌나 아프던지, 순간 번쩍 별이 보이더라고. 헤헤."

애써 웃음 짓는 이레 앞에 선 우리는 같이 웃을 수 없었다.

저 말을 믿으라는 건가?

"그래서 결석한 거야?"

"응. 그땐 정말로 눈알이 터지는 줄 알았거든. 다행히 눈은 정상인데 보다시피 멍이 이렇게 들어버렸지 뭐야. 괜히 오해를 살 거 같기도 해서 선생님한텐 그냥 몸이 안 좋아서 쉰다고 얼버무렸어."

"할아버지는 언제부터 그런 거야?"

은기가 굳은 얼굴로 물었다. 이레의 얼굴에 희미하게 남아 있던 미소가 사라졌다.

"너도 알았구나. 하긴 집 안이 이 꼴이니 눈치 못 채는 게 더 이상할지도 모르겠네." 이레는 이마에 내려온 머리칼을 쓱 쓸어 올렸다. "올해 초부터 조금씩 안 좋아지기 시작했는데, 지금은 자주 그러셔. 나도 못 알아볼 때도 있고."

은기도 남 일 같지 않은지 한숨을 내쉬었다.

"너 혼자서 힘들겠다."

"돌봄 서비스 같은 걸 신청해보지 그래."

이레는 체념한 듯 고개를 저었다.

"내가 아니면 다른 누구도 못 건드리게 하셔. 그렇다고 요

양원에 모실 형편도 안 되고……."

그때 갑자기 문밖에서 듣기 힘든 욕설이 쏟아졌다.

"야이 쌍년아! 남편이 왔는데 밥상 안 차려놓고 어딜 싸돌아다니는 거야! 이 망할 여편네 다리 몽둥이를 분질러서 기어다니게 만들어야 돼. 쩝. 씨팔. 개 같은 년. 쩝쩝."

나와 은기의 얼굴이 사색이 됐다. 이렇게 심한 욕은 태어나 처음이었다. 할아버지의 노기 띤 음성은 좀처럼 잦아들지 않았다. 욕설을 내뱉으면서도 과자를 입에서 떼지 않는지 뭔가를 씹어 삼키는 소리가 뒤섞였다.

이레는 푸념하듯 감정이 실리지 않은 말투로 말했다.

"가끔 저러셔. 젊었을 적엔 할머니랑 사이가 굉장히 안 좋았나봐. 나랑 할머니를 혼동하시기도 하고……. 그래도 여전히 매일 신문도 보시고 책도 보셔."

놀란 가슴을 진정시키려 애써 노력했다. 이레는 이런 환경에서 살고 있었나. 슬쩍 이레의 눈치를 살피는데 이레의 눈가에 눈물이 고여 있었다. 그 눈물을 본 순간 심장을 바늘로 찌르는 듯한 아픔이 밀려왔다.

나는 한참을 망설이다 조심스럽게 입을 뗐다.

"혹시…… 네 눈의 멍 말이야. 할아버지가 그런 거니?"

이레의 어깨가 조금 움찔한다. 그 모습을 지워내듯 나를 노려보며 단호하게 쏘아붙였다.

"그런 소리 할 거면 집에 가!"

나는 침을 꿀꺽 삼켰다.

"미, 미안…… 난 그냥……."

입으로는 사과했지만 마음이 영 편치 않았다.

눈가의 새파란 멍, 늘어만 가는 반창고, 긴소매를 고집하는 이유. 다른 이유는 떠오르지 않았다. 학대당하고 있는 게 분명하다.

마음과 달리 방 안의 분위기는 내 말 한마디로 차갑게 식어버렸다. 어쩔 줄 몰라 하던 그때, 화장실에서 쪼르르 물줄기가 떨어지는 소리가 들려왔다. 할아버지의 소변 소리였다.

"잘됐다. 이 틈에 내가 얼른 과자라도 가져올게."

갑자기 은기가 벌떡 일어나더니 과자를 가져오겠다며 방을 나가버렸다. 어지간히도 배가 고팠던 모양이다.

아, 의리 없는 놈. 나만 두고 가버리다니…….

"하하. 저 녀석, 아까부터 계속 배고프다고 칭얼대더니."

머리를 긁적이며 실없는 소리를 지껄였다. 아예 벽으로 고개를 돌려버린 이레에게서 찬바람이 쌩 불었다. 나도 이레와 둘만 있는 것이 영 불편해 고개를 돌려 문밖의 은기를 눈으로 쫓았다. 거실 바닥에 즐비한 부비트랩들을 피해 쏜살같이 걸어간 은기는 그새 탁자 앞에 서 있었다. 체육은 젬병이지만 이럴 때 은기의 몸놀림은 상상을 초월한다.

탁자 위에는 이미 할아버지가 까서 드신 포장지 잔해와 과자 부스러기가 즐비했다. 실망스러운 표정을 짓던 은기가 눈빛을 반짝였다. 허리를 숙이더니 바닥에서 아직 손대지 않은 땅콩 맛 오예스 상자를 집어 들었다. 상자의 윗면을 뜯고 낱개로 포장된 오예스 한 봉지를 꺼내기에 방으로 가져올 줄 알았건만, 녀석은 그 자리에서 봉지를 뜯고 내용물을 입으로 가져가는 것이 아닌가.

녀석은 곧바로 오예스를 한입 크게 베어 물었다. 곧이어 세상을 다 가진 듯한 표정을 짓는데, 기가 찰 노릇이었다. 이어서 남은 오예스를 입으로 가져가는 모습을 보다 화들짝 놀랐다. 녀석 뒤로 용변을 마친 할아버지가 비척거리며 다가오는 것이 아닌가.

"음, 음. 크흠."

나는 평소 하지도 않던 헛기침을 했다. 눈치 빠른 녀석도 그제야 할아버지가 다가오는 것을 눈치챘는지 남은 오예스를 허겁지겁 입에 쑤셔 넣고 손바닥으로 입을 틀어막았다. 하지만 사달은 이다음부터였다.

미친 듯이 저작 운동을 하며 슬금슬금 뒷걸음치던 은기의 발에 할아버지가 걸린 것이다. 가뜩이나 걸음이 불편한 할아버지는 그대로 중심을 잃었다. 그대로 두면 분명 탁자에 몸을 부딪칠 타이밍이었다.

아이고, 망했다.

지켜보던 내가 엉덩이를 들썩이던 찰나, 은기가 가까스로 쓰러지던 할아버지의 왼팔을 감았다.

"휘유⋯⋯."

나는 안도의 한숨을 내쉬었다. 다시 한번 은기의 빠른 순발력으로 대형 사고를 막을 수 있었다.

"괜찮으세요, 할아버지?"

은기가 걱정스럽게 물었지만 할아버지는 신경질적으로 팔을 잡아 빼더니 그대로 소파에 앉아 TV에 시선을 고정했다.

"할아버지, 그럼 쉬세요."

은기는 어색하게 손을 털며 방으로 돌아왔다. 방 밖을 보지 못한 이레는 영문을 모르겠다는 표정을 지었다. 어느새 내 옆에 앉은 은기의 이마에 땀방울이 흘러내렸다.

녀석도 많이 긴장했구나. 참나, 그래 맛은 있더냐.

입가에 묻은 초콜릿 자국을 보니 실소가 새어 나왔다.

"근데 너희 뭐 하러 왔어?"

"아, 통신문."

이레의 말에 그제야 찾아온 이유가 떠올랐다. 서둘러 가방을 뒤져 통신문을 꺼내 전했다. 이레는 말없이 통신문을 눈으로 훑었다. 그런 이레를 보며 멍하니 앉아 있는데 은기가 조용히 옆구리를 찔렀다. 고개를 돌리니 은기가 머리로 문밖을 카리키며 까딱거렸다.

나는 소리 없이 입 모양으로 물었다.

'가자고?'

은기가 지체 없이 고개를 끄덕였다. 그리고 손날로 자신의 목을 긋는 시늉을 했다.

분위기는 싸해졌고 방문한 목적은 달성했으니 이쯤에서 빠지자는 말이었다. 아쉽지만 은기가 맞았다. 괜히 쓸데없는 말을 꺼냈다고 후회했다. 망설이는 나 대신 은기가 먼저 말했다.

"통신문도 전해줬으니 그럼 우린 이만 가볼게."

은기의 말에 통신문을 읽던 이레가 고개를 들었다.

"그래. 와줘서 고마워." 이레는 한결 나아진 표정으로 인사해줬다. "그리고 과자도."

살짝 웃음 짓는 이레. 하지만 여전히 눈두덩을 덧칠한 멍자국은 내 마음을 착잡하게 만들었다.

방을 나온 나는 곧바로 현관으로 가 신발을 신었다.

"할아버지, 안녕히 계세요."

고개를 들어보니 은기가 소파 옆에 서서 인사하고 있었다. 녀석은 무섭지도 않나보다.

역시 할아버지는 아무런 대꾸가 없었다. 겨드랑이를 긁으며 무심하게 TV를 바라봤다. 한참을 서 있던 은기도 결국 포기하고 돌아섰다.

그런 은기의 얼굴은 딱딱하게 굳어 있었다.

이레의 집을 나온 우리는 바로 헤어지지 않고 다시 아파트를 나와 주차장 옆에 마련된 작은 놀이터에 갔다.

단 두 개뿐인 그네에 나란히 앉아 멍하니 하늘의 구름을 바라봤다. 저 멀리서 새카만 먹구름이 밀려오는 것을 보니 곧 비가 쏟아질 모양이었다.

나는 손바닥으로 얼굴을 거칠게 비볐다.

머릿속이 복잡했다. 목 주변이 다 늘어나 후줄근한 긴팔 티셔츠를 입은 이레의 모습이 지워지지 않았다. 심장이 터질 것 같았다. 쓰레기 더미에서 당장이라도 구출하고 싶었다.

"정말 아닐까?"

나도 모르게 마음속 의문을 입 밖으로 내뱉었다.

"본인이 아니라잖아."

내 말의 의도를 알아챈 은기가 시크하게 대답했다.

"그럼 저 멍 자국은 뭔데?"

"정말로 탁자에 부딪쳤나 보지."

아, 이런 감정 없는 놈.

더 이상의 대화는 부질없을 것 같아 입을 다무는데 은기가 덧붙였다.

"혹시라도 다음에 방문하게 되면 과자 선택에 좀 더 신중을 기해야겠어."

검지를 세우고 눈빛을 빛내는 은기를 보니 평화주의자인 나조차 구타 게이지가 빠르게 차오름을 느낄 수 있었다. 정수리에서 연기가 피어오르는 것 같았다. 나는 애써 화를 참아내며 되물었다.

"뭐, 뭐라고?"

그러나 엄격, 근엄, 진지하게 이어진 은기의 대답에 나는 한참 동안 말을 이을 수 없었다.

4.

"야, 오줌 마렵냐?"

안절부절못하는 나를 보며 은기가 농담을 던졌다.

하지만 대꾸할 마음의 여유가 없었다.

주말이 지나 월요일 아침이 되었지만 이레의 자리는 여전히 비어 있었다.

멍 자국이 희미해지기 전까진 계속 오지 않으려는 걸까?

아니면……

나는 잡생각을 떨쳐내려고 애써 고개를 흔들었다.

복잡하고 심란한 하루하루가 지나갔다.

목구멍에 가시가 걸린 것 같던 불편함도 시간이 지나자 조금씩 사라져갔다. 하지만 수요일, 결국 우려하던 일이 벌어지고 말았다.

점심을 먹고 시작된 국어 수업. 감기려는 눈을 힘겹게 치켜뜨고 수업을 듣던 나는 앞문에서 들리는 노크 소리에 정신이 번쩍 들었다. 열심히 판서 중이던 선생님은 분필을 내려놓고 앞문으로 향했다. 처음 보는 낯선 남자와 이야기를 나누던 선생님은 갑자기 고개를 돌려 내 쪽을 바라봤다. 아니, 정확히 나를 바라봤다. 선생님과 눈이 딱 마주쳐서 알 수 있었다. 뭔가 불길한 느낌이 스멀스멀 올라왔다.

선생님은 나와 은기를 교실 밖으로 불러냈다. 영문을 모르겠다는 표정의 은기와 복도에 나가 보니 키가 크고 건장한 체격의 남자가 우리를 기다리고 있었다.

"네가 충호, 네가 은기니?"

나는 겁에 질린 목소리로 작게 대답했다. 남자는 간단히 몇 가지를 물어본 뒤 우리를 다시 교실로 보내주었다.

남자는 이레의 집에 찾아갔던 날짜와 시간, 가서 무슨 일이 있었는지, 언제 나왔는지, 그리고 무엇을 사 갔는지를 물었다.

그것만으로도 충분했다. 은기가 내가 한 짓을 눈치채기에는 말이다. 은기를 똑바로 쳐다볼 수 없었다. 등 뒤에서 씩씩대는 은기의 콧소리가 들릴 정도였다.

며칠 뒤, 이레는 결석한 상태로 전학을 갔다. 물론 402호에서도 이사를 나간 뒤였다.

죄책감에 시달렸지만 이레에게 필요한 일이었다며 자위했다. 더는 폭행당하지 않을 이레의 모습만 상상했다.

은기와의 관계는 틀어졌지만 뭐든 시간이 약이다. 서먹한 몇 달이 지나고 정식으로 은기에게 사과했다. 은기도 나의 사과를 받아주었다. 다시 예전의 관계로 돌아가기까지는 몇 달 걸리지 않았다.

죄책감을 묻어둔 채, 그렇게 평화로운 나날이 이어지는 듯했다.

겨울 방학이 시작되기 전까지는,

은미와 지숙의 대화를 듣기 전까지는 말이다.

은미와 지숙은 반에서 목소리가 크기로 유명한 아이들이었다. 이레와도 친하게 지내던 콤비인데, 말을 쏟아내는 속도와 양이 다른 아이들과는 차원이 다른 해비 토커였다.

그날은 물감으로 상상화를 그리는 미술 시간이었다. 실수로 셔츠에 물감을 쏟은 지숙이 좀처럼 옷을 갈아입지 않으려 하자 은미가 농담처럼 건넨 말이 내 귀에 박혔다.

"너도 이레처럼 팔에 큰 반점이라도 있냐? 왜 그렇게 셔츠에 집착해?"

뭐라고?

머릿속이 마구 뒤엉켰다. 나는 잘못 들은 것인가 싶어 은미를 붙잡고 다시 물었다.

"이레 팔에 커다란 반점이 있었다고?"

은미는 뭐가 문제냐는 듯 고개를 끄덕였다. 다시 묻는 내 목소리가 몹시 떨려 뒤집혔다.

"그, 그래서 한여름에도 긴팔을 입었던 거야?"

"그래. 그렇다니까."

귀찮아하는 은미의 어깨를 다잡았다.

"그럼 매일 붙이고 다니던 반창고는? 다리에 상처와 멍들은?"

내 얼굴에 살짝 겁먹은 은미가 서둘러 대꾸했다.

"걔 시력이 안 좋아. 잘 안 보이는데도 죽어도 안경을 안 쓰더라고. 그러니 다리에 상처가 많지."

겨드랑이에서 배어 나온 땀이 옆구리를 스쳐 주르륵 흘러내렸다.

뒤통수를 얻어맞은 충격에 입을 벌리고 서 있자 은미는 지숙에게 자기 옆머리에서 손가락을 빙글빙글 돌리는 신호를 보내고는 자리를 피했다.

그날 눈 주위에 있던 멍이 정말로 탁자에 부딪혀서 생긴 멍이라는 말이야?

그럼, 그럼 난…… 난 대체 무슨 짓을 한 거야?

등골에 소름이 돋았다.

주변의 시끄럽던 소음이 한순간 사라지고 '삐' 하는 경고음이 머릿속에 울려 퍼졌다.

5.

'그게 무슨 말이냐? 이 심각한 상황에서 과자 타령이라니…….'

내 말에 그네에 앉아 있던 은기가 되물었다.

'너 할아버지가 손도 안 댄 과자 봤지?'

나는 노란색 과자 상자를 떠올리며 대답했다.

'아, 이번에 새로 나온 신상 오예스?'

'그래. 할아버지가 다른 과자는 전부 허겁지겁 드셔도 왜 신상 오예스는 손도 대지 않았는지 알아?' 나는 영문을 몰라 고개를 가로저었다. '거기에 땅콩이 들었기 때문이야.'

나는 가당치도 않다는 표정을 지으며 대꾸했다.

'그렇겠지. 그러니까 오예스 피넛버터지.'

'어휴, 이 바보 멍청아. 할아버지가 땅콩 알레르기 체질이라고.'

나는 신기한 듯 은기를 쳐다봤다.

'뭐? 그걸 어떻게 알았는데?'

'좀 전에 할아버지가 화장실에 다녀간 사이, 내가 허겁지겁 오예스를 먹었잖아.'

'그랬지. 그러다 할아버지가 네 발에 걸려 넘어져 그대로 돌아가실 뻔했고.'

'가까스로 내가 할아버지를 잡아서 다행히 아무 일도 없었지. 그런데 그때 내 손에 온통 오예스가 묻어 있었거든. 그 손으로 할아버지를 붙잡아 부축했고.'

'그런데?'

'집에 돌아가기 전 인사를 드리려고 할아버지 옆에 섰는데.' 나는 할아버지 옆에서 한참을 서 있던 은기를 떠올렸다. '내가 부축했던 겨드랑이와 어깨 부분을 계속 긁고 계시더라고. 자세히 보니까 눈에 띌 정도로 빨갛게 부풀어 올라 있었어. 과자에 함유된 땅콩 성분 정도로 그렇게 알레르기 반응이 날 정도니, 아마 드셨으면 정말 위험했을 거야.'

분명 현관에서 본 할아버지는 겨드랑이를 긁고 계셨다.

'네 말대로라면 큰일 날 뻔했네.'

'치매시더라도 스스로 땅콩 알레르기를 기억하고 오예스 과자는 아예 건드리지도 않았지만 만약 포장지를 벗겨서 드렸다면 큰일이 났을지도 몰라.'

나는 은기의 말을 부정했다.

'에이, 설마…… 땅콩버터 냄새가 진동할 텐데 그걸 모르겠어?'

은기는 한동안 나를 빤히 쳐다보더니 입을 뗐다.

'아, 넌 모르겠구나.'

'뭘 말야.'

'치매 환자는 땅콩버터 냄새를 못 맡아.'

'응……. 으응?'

'알츠하이머성 치매나 파킨슨 치매는 발병 초기부터 후각 기능이 떨어져 냄새를 잘 맡지 못해. 알츠하이머는 백 퍼센트, 파킨슨은 구십 퍼센트가 후각 상실을 경험하지. 그런데 특정 냄새를 맡지 못하는 경향성을 보여. 그게 바로 땅콩버터 냄새야. 외국에서는 땅콩버터 테스트로 치매 환자를 조기에 선별하기도 한대.' 전혀 예상치 못한 말에 멍하니 있자 은기가 덧붙였다. '사실 우리 할머니도 치매가 오기 전에는 땅콩버터 냄새를 극혐하셨거든. 그런데 치매가 오고부터 국희 샌드를 그렇게 드시더라. 전혀 냄새를 못 맡은 거야.'

말을 마친 은기의 얼굴은 시무룩해졌다.

수년 만에 타임캡슐을 다시 보니 그날의 대화가 지금도 생생하게 떠오른다.

그 당시 시무룩한 은기와는 달리 내 머릿속은 복잡하게 돌아가고 있었다. 이레를 구해낼 방법이 떠올랐던 것이다. 그날 나는 밤이 새도록 고민했고 마침내 결론을 내렸다.

다음 날 이른 아침, 아무도 모르게 쪽지를 적어 402호 현관문 안쪽에 밀어 넣었다. 물론 쪽지를 읽고 변기 물속에 내려달라는 당부도 잊지 않았다.

이레는 쪽지 내용대로 우리가 사간 오예스 피넛버터의 포장지를 까서 탁자 위에 올려놓고 집을 비웠을 것이다. 할아버지는 그 사실을 모른 채 오예스를 드시고 변을 당했으리라.

포장지에서 이레의 지문을 지우고 할아버지의 지문만 묻혀놓으면 치매에 걸린 할아버지가 스스로 오예스를 먹고 죽은 것이 된다.

학교에 찾아온 경찰이 우리에게 사실 관계만 물은 것을 보면 사고사로 판단했다는 것이다.

지금은 얼마나 위험하고 무모한 짓이었는지 뼈저리게 느껴진다. 이유야 어떻든 내 쪽지로 한 사람의 생명이 사그라졌으니 말이다.

천안 초등학교를 졸업하고 나는 부모님을 따라 옆 동네인 배방으로 이사를 갔다. 몸이 멀어져도 우린 영원한 친구라 부르짖었지만 중학생이 되고 정신없는 학교생활이 시작되면서 은기와도 자연스럽게 멀어졌다.

얼마 전 신부동 터미널에서 아주 오랜만에 은기와 마주쳤지만 어색한 인사밖에 나눌 수 없었다. 그동안 떨어져 있었던 시간만큼 초등학교 시절의 친근감보다 낯섬이 우리 사이를 가르고 있었다.

이곳에 혼자 온 이유도 바로 그 때문인지도 모른다.

사실 반신반의했다. 스무 살을 1년 앞둔 지금까지 이 타임캡슐이 묻혀 있으리라고는.

나는 떨리는 손으로 캡슐 안의 상자를 하나씩 꺼냈다.

첫 번째 상자를 열자 해적판 만화 명탐정 코난 1권이 들어 있었다. 나도 모르게 피식 웃었다. 은기의 상자였다. 이어서 서툴게 접은 종이를 펴자 삐뚤빼뚤한 글씨가 눈에 들어왔다.

- 스무 살의 나는 진짜 명탐정이 되어 있겠지?

아련히 떠오르는 추억에 눈물이 고였다. 갑자기 은기가 너무나 보고 싶어졌다.

나는 눈물을 훔치고 다음 상자를 열었다. 상자 안에는 포켓몬 스티커가 고이 담겨 있었다.

- 스무 살의 난 스위치로 원 없이 포켓몬 게임을 했으면 좋겠다.

실소가 터져 나왔다. 이런 얼토당토아니한 편지를 써놓았다니. 유년 시절의 난 이렇게 유치했던가.

이제 마지막 상자만 남았다.

길쭉한 오레오 쿠키 상자. 손에 든 상자는 제법 묵직했다.

심호흡을 한 뒤 떨리는 손으로 과자 상자의 뚜껑을 열었다. 상자를 기울여 내용물을 손에 받으려던 순간, 나는 깜짝 놀라 급히 손을 뒤로 뺐다. 뒤이어 아무도 없는 공터에 쇠붙이가 떨어지는 소리가 울려 퍼졌다.

땅바닥에 떨어진 것은 다름 아닌 과도였다. 과일을 깎을 때나 작은 음식을 자를 때 쓰는 칼.

놀란 마음을 추스를 새도 없이 기울어진 과자 상자에서 쪽지 한 장이 나풀나풀 떨어졌다.

땀 한 방울이 관자놀이를 타고 흘러내렸다. 나는 무릎을 굽혀 떨어진 쪽지를 주워들었다.

글자가 눈에 들어온 순간 얼굴에 핏기가 싹 가셨다.

간결하게 쓰인 반듯한 글씨가 내 망막을, 내 머릿속을, 내 가슴을 파고들었다.

– 스무 살의 '견이레'에게. 아직도 할아버지가 널 때리고 있다면 더 이상 주저하지 마. 이 칼로 꼭 할아버지를 죽여줘.

그동안 나를 괴롭혀왔던 이레에 대한 의구심은 이 쪽지 한 장으로 모조리 풀렸다. 그리고 당시 은기가 모든 것을 간파하고 있었다는 사실도 깨달았다.

이레의 학대 사실을 몰랐을 은기가 아니다.

학대받는 이레를 구할 방법이 있었지만 자칫 할아버지가 죽을 수도 있는 위험한 방법을 빙 둘러 내게 이야기한 것이다. 치매를 앓는 할머니를 돌봤던 은기는 차마 같은 질병을 앓고 있는 이레의 할아버지를 해칠 수 없었으리라. 대신 이레를 짝사랑하는 나라면 이레를 위해 결단을 내릴 거라 생각했던 것이다.

"하하. 이런 망할 놈."

허탈한 웃음이 나왔다.

녀석은 죄책감을 내게 떠넘긴 것이다.

그래도 화가 나지 않았다. 이레에게 건넨 쪽지는 정말로 밤이 새도록 고민하고 내린 내 결정이었으니까.

사실 은기보다는 이레를 향한 안타까움이 주체할 수 없이 밀려왔다. 당시의 이레는 구했지만 이레의 인생을 구할 수 없었음에 비탄의 감정이 차올랐다.

할아버지에서 아버지로 대를 이은 학대의 굴레.

더 이상의 학대를 참지 못해 스스로 불을 지른 이레.

그리고 아무 이유 없이 화마에 휩쓸려 숨진 모자……

갑자기 불어온 바람에 손 안의 쪽지가 날려 하늘 높이 떠올랐다.

구름 사이로 멀어져 가는 쪽지가 물결치듯 일렁였다.

두 볼을 타고 흐르는 뜨거운 물줄기.

그제야 내가 울고 있음을 깨달았다.

네 번째 작품

토끼

7월 중순에 시작된 여름 방학이 눈 깜짝할 새 지났다.

대체 왜 방학은 시작과 동시에 개학인 걸까?

의문을 풀어볼 겨를도 없이 어느덧 다가온 8월의 첫째 주 토요일. 이제 한 주 뒤면 개학이다. 또다시 쳇바퀴 돌듯 집과 학교, 학원을 돌아야 하는 나날. 생각만 해도 숨통이 조여와 호흡 곤란이 오는 것 같다.

매일매일 명탐정 코난과 추리 소설에 빠져 살 순 없을까? 매일 사건 추리를 하라면 군말 없이 할 수 있을 텐데 말이다.

그런 나의 소망을 비웃기라도 하듯 아침부터 밀린 일기와 독후감 등 방학 숙제를 하라는 엄마의 잔소리에서 벗어나고 자 집을 뛰쳐나왔다. 추리 소설이 아닌 학교에서 정해준 유치찬란한 추천 도서는 단 한 글자도 읽고 싶지 않았다.

다짜고짜 나왔지만 갈 곳은 마땅치 않다. 지갑도 놓고 나와 땡전 한 푼 없는 빈털터리 신세.

아침부터 내리쬐는 태양이 이글이글 타오른다. 에어컨이 없는 집 밖은 찜통과 다름없다.

사면초가 상황에서 그나마 잊지 않고 챙겨온 휴대폰을 꺼내 충호에게 SOS를 보냈다.

- 충호야. 아직도 시골? 아침부터 엄마 잔소리 폭격에 뛰쳐나왔는데 지갑을 놓고 왔네. 이제 다음 주면 개학인데 넌 언제 오냐? 오늘따라 네놈이 더욱더 보고 싶구나, 친구여…….

잠시 대답을 기다렸으나 메시지 옆에 붙은 야속한 숫자 1은 없어지지 않는다. 나는 핸드폰을 도로 바지 주머니에 넣고 손등으로 이마에 흐르는 땀을 훔쳤다.

"와아, 아침부터 푹푹 찌는구나……."

할 수 없이 햇빛이라도 피할 요량으로 아파트 앞에 마련된 정자로 발걸음을 옮겼다. 정자에 엉덩이를 붙이자마자 카톡이 울렸다.

"충호구나. 히힛."

반가운 마음에 서둘러 휴대폰을 열었지만 이내 얼굴에 가득했던 웃음기가 씻은 듯 사라졌다.

- 좋은 말로 할 때 들어와 방학 숙제해. 당장 안 들어오면 아빠한테 이

를 거야.

*끄*응. 아빠는 무섭다. 나는 잠시 고민한 뒤 휴대폰 자판을 두드렸다.

– 충호랑 같이 독후감 숙제하려고 나온 거야. 숙제하고 점심 먹고 들어갈게.

곧바로 엄마의 답신이 이어졌다.

– 충호 왔구나. 알았어. 최소한 3권은 써와야 해.

휴……. 일단 급한 불부터 꺼야 했기에 충호를 팔았다. 미안하다, 친구야.

근데 이 녀석 아직 안 온 건가?

충호에게 보낸 카톡의 숫자 1은 여전했다. 전화를 걸까 잠시 망설였지만 그만두기로 했다. 이른 아침이기도 하거니와 어차피 천안으로 돌아온 게 아니라면 전화해봐야 소용없다.

아…… 충호 마렵다.

멍하니 앉아 손바닥 부채를 열심히 부쳤건만 살인적인 무더위를 막기에는 역부족이다.

충호는 여름 방학이 시작되자마자 동생 명호와 함께 청양의 시골 할머니 댁으로 내려갔다. 자세히는 모르지만 충호 부모님은 매년 여름마다 동해로 일하러 간다고 했다. 천안에는 마땅히 형제를 돌볼 사람이 없어 방학 동안 시골에 계신 외할머니 댁에 맡겨진다고 했다. 올해도 마찬가지로 충호는 외할머니 댁으로 떠났고 나 홀로 외로이 여름 방학을 보내야만 했다.

학교에서나 학교 밖에서나 매일 붙어 다니는 단짝이기에 한 달이라는 짧지 않은 기간 동안 충호의 부재는 더욱 크게 와닿았다.

탐정으로서 진중한 모습을 보이려 노력하지만 충호와 있을 때만은 무장 해제된 편안한 모습으로 있을 수 있다.

어느새 땀으로 축축하게 젖은 티셔츠가 등짝에 기분 나쁘게 달라붙었다.

"아, 에어컨……. 진짜 죽겠네. 아이씨, 그냥 다시 들어갈까?"

살인적인 폭염에 마음이 꺾이려던 순간.

'카톡.'

주머니 속에서 울리는 명료한 꼬맹이 목소리. 이번은 조금 전과는 다를 것이란 희망을 품고 휴대폰을 꺼내 들었다.

"오오, 왔구나."

액정 화면 속 충호가 회신한 글자가 눈부시게 빛났다.

– 미안, 아침 먹느라 이제 봤어. 어제 밤늦게 올라와서 연락을 못했네. 짜식, 4학년씩이나 돼서 가출이냐? 갈 데 없으면 우리 집으로 와.

목구멍 밖으로 터져 나오려는 환호성을 간신히 참았다. 나는 자리에서 벌떡 일어나 내 발로 나온 천안 아파트 101동으로 다시 뛰어 들어갔다.

앞에서 초인종을 누르자 기다렸다는 듯 현관문이 활짝 열렸다.

현관 안쪽에서 까무잡잡하게 탄 충호가 나를 반갑게 맞이했다.

"헤이 은기, 롱 타임 노 씨."

"얼씨구, 헤이? 이제 와서 반가운 척은. 여름 방학 내내 연락 한 번 안 해놓고……."

서운한 마음에 쏘아붙였지만 얼굴에 떠오른 웃음이 가시지 않았다.

"눈에서 멀어지면 마음도 멀어지는 법."

"뭐래냐, 멍충아."

충호가 나를 향해 장난스레 손날을 휘둘렀다.

"또 또, 오랜만에 형님한테 까분다."

"얼씨구. 겨우 한 달 빠른 생일 가지고 형님은 무슨. 왓슨이 홈즈한테 까불고 있네."

신발을 채 벗기도 전부터 오가는 티키타카에 웃음꽃이 피었다.

기다란 복도를 지나자 내가 온 줄도 모르고 거실 소파에 푹 파묻혀 TV 애니메이션에 집중하고 있는 명호가 보였다.

"안녕, 명호야."

먼저 인사했지만 TV에 못 박힌 명호의 시선은 변함없었다. 대신 명호 옆에서 식빵 굽는 자세로 잠을 자던 검은 얼룩 고양이 코난이 스윽 고개 들어 나를 쳐다봤다.

"안녕, 코난."

도도한 코난도 볼일이 없다는 듯 다시 고개를 내리고 눈을 감았다.

뭐지? 사람과 동물에게 연이어 무시당하는 이 기분은.

"명호 쟤 완전 만화 중독이야. 중독."

슬쩍 다가온 충호가 못 말린다는 듯이 내 귀에 속삭였다. 그대로 거실을 지나 접시 소리가 나는 왼쪽 부엌으로 향했다.

"안녕하세요, 아줌마?"

막 설거지를 마친 아줌마가 고개를 돌려 화답했다.

"어머, 은기구나. 오랜만이다. 방학 동안 잘 지냈니?"

"네. 잘 지냈어요."

"부모님도 안녕하시지?"

"네. 저보다 더 건강하세요. 근데 머리 염색하셨네요. 오렌지색이 잘 어울려요."

아주머니가 머리끝을 만지작거리며 반겼다.

"아, 그러니? 잘 어울려? 색이 너무 밝아서 걱정했거든, 호호."

"바로 전에 하셨던 붉은색보다 더 젊어 보이는 것 같아요."

"어머, 호호호. 고마워. 그런데 어떻게 알았니. 우리 집 식구는 내가 염색한 줄 아무도 모르던데⋯⋯." 아주머니는 은근히 충호에게 눈을 흘겼다. "우리 집 남자들은 너무 무심하다니까, 에휴."

"하하하. 엄마는 참. 그런 걸 어떻게 알아. 내가 정상이고 은기가 비정상인 거야." 분위기가 차갑게 식는 걸 감지한 충호가 내 옆구리를 슬쩍 잡아끌었다. "야, 어서 방으로 가자."

충호에게 끌려가다시피 방으로 가자 뒤늦게 명호가 따라 들어왔다.

명호는 일곱 살 터울의 남동생이다. 10월생이니 엄밀히 따지자면 세 살이었는데, 그래서인지 또래 아이에 비해 말문이 늦게 트이는 것 같았다. 뭐, 아줌마나 충호나, 명호가 말이 느린 걸 그다지 신경 쓰지 않는 듯하지만.

"명호야, 형은 친구랑 둘이 놀고 싶은데 거실에서 만화 보고 있을래?"

충호의 말에 머뭇거리던 명호는 꼭 쥔 주먹을 내게 내밀었다.

"흉아, 머거."

"형 선물이야? 이게 뭔데?" 조막만 한 손으로 내게 건넨 것은 작은 호두 조각이었다. "와, 호두잖아. 이거 형 주는 거야? 고마워."

내가 손바닥으로 머리를 쓰다듬어 주니 명호가 빙긋이 웃었다. 충호가 서둘러 끼어들었다.

"우리 착한 동생, 형은 많이 먹어서 안 줘도 돼."

고개를 끄덕인 명호는 볼일이 끝났는지 만족스러운 얼굴을 하고는 쪼르륵 거실 소파로 달려갔다. 충호는 더는 방해받지 않으려는 듯 재빨리 방문을 닫았다.

나는 손안의 호두 조각을 보며 작게 중얼거렸다.

"귀엽네."

그때 충호가 손바닥 위의 호두를 확 낚아챘다.

갑작스러운 스틸에 나는 불만스럽게 물었다.

"뭐냐. 넌 안 먹어도 된다며?"

입꼬리가 한껏 올라간 충호는 기분 나쁜 웃음을 흘렸다.

"이거 정체를 알면 나한테 고마워할걸?"

"뭐, 뭔데 그래?"

"너 '지붕 뚫고 하이킥'이라고 아냐?"

"아니. 그게 뭔데?"

"우리가 어렸을 적에 꽤 유행했던 드라마잖아. 우연히 케이블TV에서 재방송하는 걸 봤는데, 거기 부잣집 망나니 딸내미가 나오거든."

나는 마른침을 꿀꺽 삼켰다.

"근데?"

"거기 딸내미가 초코 아몬드를 입으로 녹여 먹어."

"이건 아몬드가 아니라 호두잖아."

충호가 조용히 손을 들어 책상 위를 가리켰다. 손가락을 따라 책상으로 시선을 돌리자 곱게 한복을 차려입고 인자하게 웃음 짓는 할머니가 그려진 종이봉지가 눈에 들어왔다.

"할머니 학화 호두과자……."

등골에 한줄기 식은땀이 흘러내렸다. 설명은 그것만으로도 충분했다.

"저렇게 과자만 녹여 먹고 호두는 고이 모아뒀다가 손님이 오면 주는 거야. 비밀을 아는 우리 식구는 절대 받아먹지 않지."

"하하하……. 하…… 귀, 귀엽네. 명호 자식."

나는 마른침을 꿀꺽 삼켰다.

충호가 동생이 정성 들여 만든 호두를 쓰레기통에 버리는 것을 지켜보다 문득 떠오르는 것이 있어 물었다.

"그런데 방학 동안 뭔 일 있었냐? 명호 살이 왜 이렇게 빠졌어? 안색도 별로 안 좋던데……."

쓰레기통 앞에서 등을 돌린 충호가 내 말에 움찔했다. 순간 방 안의 온도가 내려가는 것을 느꼈다.

뭔가 있었구나…….

나는 침묵하는 충호에게 다시 물었다.

"시골 할머니 댁에서 무슨 일 있었어? 연락이 뜸했던 것도 그 때문이야?"

그제야 충호가 몸을 돌려 나를 바라봤다.

딱딱하게 굳은 얼굴. 충호의 눈에는 알 수 없는 공포가 스며들어 있었다.

뭔가 결심한 듯 슬며시 다가온 충호는 나와 단 둘뿐인 방 안에서 주변을 두리번거렸다. 그리고 한껏 목소리를 낮춰 이야기를 시작했다.

"명호가 아주 아팠어."

"왜? 어떻게?"

"한 열흘쯤 전이었을 거야. 할머니가 차려준 점심을 먹고 쉬고 있었거든."

"그런데?"

"할머니가 명호 잘 돌보고 있으라며 과수원에 일 보러 나가시더라."

"과수원? 뭐 키우시는데?"

"야야, 지금 포인트는 그게 아니거든?"

"그래도 궁금하잖아."

"사과나무."

"오오, 혼자서 관리하려면 힘드시겠다."

"혼자 하지는 않으셔. 아무튼 그게 중요한 게 아니고."

"할머니 댁에 너랑 명호 둘만 남았다는 말이지?"

"그렇지. 난 방 안에서 휴대폰 게임이나 하면서 시간을 때우고 있었거든."

"명호는 뭐 했는데?"

"명호는 집에서 가져간 그림책에 색연필로 색칠도 하고 케이블TV에서 방영하는 포켓몬도 보고."

"또 만화에 정신이 팔렸겠군."

"응. 포켓몬만 틀어주면 하루 종일이라도 앉아서 텔레비전만 볼 녀석이니까. 그런데 문제가 발생했어."

"슬슬 사건의 시작인가."

"야, 묘하게 반기는 것 같은데?"

"아, 아냐. 어서 말해봐."

"배는 부르지, 주기적으로 불어오는 선풍기 바람은 시원하지, 어째 슬슬 졸음이 쏟아지더라고."

"그러다 잠들었고, 네가 자는 동안 명호가 집에서 사고를 쳤어?"

"음…… 치긴 쳤지. 그런데 집이 아니었어."

"설마 집에서 나간 거야? 명호 혼자?"

"으응. 까무룩 잠들었는데 잠결에도 뭔가 싸하더라고. 무시할까 하다가 눈을 비비고 일어났거든."

"그런데 방이 텅 비어 있었구나."

"난 화장실에 간 줄 알았어. 그래서 명호를 불렀지."

"대답 없는 메아리만 가득했겠군."

"갑자기 머리털이 쭈뼛 서더라. 바로 자리에서 벌떡 일어나 집 안 곳곳을 뒤졌어. 화장실, 방 안, 장롱, 냉장고까지……. 그런데 어디에도 없었어!"

"지금도 손 떠는 거 봐. 엄청 당황했었구나."

"응. 그 짧은 순간에 할머니, 엄마, 아빠가 막 떠오르더라고."

"일단 할머니께 도움을 요청해야지."

"그러려고 할머니 휴대전화로 전화를 걸면서 운동화를 구겨 신었어. 역시나 현관에 명호 신발이 없더라고. 망할 녀석이 혼자서 집 밖에 나간 거야."

"할머니는? 뭐라고 하셨어?"

"허겁지겁 마당으로 뛰어나왔는데, 언제부터 내렸는지 장대비가 쏟아지고 있었어. 와, 진짜 머릿속이 하얘지더라. 마당을 가로질러 대문으로 뛰어가는데 마침 일을 마친 할머니가 들어오시는 거야."

"할머니도 무척 놀랐겠네."

"응. 자초지종을 설명해 드렸더니 발을 동동 구르시더라. 비가 내리기 시작한 게 한참 전이고, 슬슬 해 질 무렵이라 어둑해지고 있었거든."

"참나, 쬐끄만 녀석이 겁도 없네."

"해가 지고 나면 진짜 큰일이라고 생각했어. 서둘러야 했지. 대문 앞에서 흩어져 찾기로 했어. 할머니는 왼쪽 길로, 나는 오른쪽 길로. 난 논길을 따라가면서 양손을 입에 대고 명호를 소리쳐 불렀어. 혹시 논두렁에라도 빠졌을까 봐 핸드폰 플래시로 논둑 아래를 비추면서 걸어갔어."

"할머니 댁 주변이 온통 논이구나. 진짜 시골이네."

"응. 인가에서 좀 떨어진 곳이긴 해. 명호를 찾으면서 흠뻑 비를 맞아서인지, 아니면 개를 잃어버린 공포 때문인지 막 오한이 나더라. 불과 몇 시간 전까지만 해도 그렇게 더웠는데 말이야."

"명호도 비를 맞았다면 위험했겠어."

"그래서 더 불안했어. 몸도 약한 녀석이라 평소에도 감기를 달고 살았으니까. 급한 마음으로 정신없이 명호를 찾아 헤맸는데 멀리서 깃발이 꽂힌 집 한 채가 보이더라고."

"깃발?"

"응. 비에 젖은 붉은색 깃발이 낡은 철 대문 위에 꽂혀 있었어."

"붉은 깃발이라…… 뭔가 으스스한데?"

"진짜 좀 무서웠어. 대문은 군데군데 녹이 슬었고 집도 굉장히 낡았거든. 안에는 사람이 없는지 불이 꺼져 있었어. 혹시나 집주인이 일찍 잠들었나 싶어 문밖에서 작은 소리로 명호를 불러봤는데 역시나 대답이 없었어."

"안에 들어가봤어?"

"솔직히 들어갈지 말지 고민했어. 갈등하고 있는데 자세히 보니 철 대문이 살짝 열려 있는 거야."

"들어갔구나."

"어쩔 수 없었어. 명호를 찾는 게 더 중요했으니까. 최대한 소리를 내지 않으려고 천천히 대문을 밀었는데 녹이 슬어서 쇠가 긁히는 요란한 소리를 내더라고. 와, 심장이 덜컹 내려앉는데 진짜 미쳐버리는 줄 알았다니까."

"그 소릴 듣고 불 꺼진 집 안에서 머리를 풀어 헤친 아줌마라도 뛰쳐나온 거야?"

"참나, 뭔가 그런 상황을 바라는 것 같지만, 아쉽게도 아니야. 정말로 집 안에는 아무도 없는 것 같더라."

"어쨌든 무단 침입인데 그나마 다행이라고 해야 하나."

"어디까지나 동생을 찾으러 간 거야. 도둑놈으로 몰지 말라고."

"알았어, 알았어. 그래서?"

"밖에서 본 것과는 달리 대문 안으로 마당이 꽤 넓더라. 이미 어두워진 뒤라 휴대폰 플래시로 살피는데, 오른쪽에 망가진 가전제품하고 깨진 독이며 집기가 산처럼 쌓여 있었어. 바닥엔 잡풀이 빽빽이 차 있었고. 뭔가 폐가? 아니면 관리를 전혀 안 하는 집 같았어."

"으스스한 게 귀신이라도 나올 거 같은데."

"오른쪽을 다 훑었는데 쓰레기 더미 말곤 아무것도 없더라. 근데 뒤통수가 간질거리는 게 계속 누군가 날 쳐다보는 느낌이 드는 거야. 무서워서 등골에 소름이 돋는 바로 그때, 내 뒤에서 그릇 떨어지는 소리가 들렸어. 와, 농담 안 하고 진짜 깜짝 놀라서 팔짝 뛰었어. 난 서둘러 소리가 난 뒤쪽으로 플래시를 비췄어."

"그래서 뭔가가 튀어나왔어?"

"네 기대와 다르게도, 아니야. 뭔가 튀어나올까 봐 숨죽이고 가만히 귀를 기울였지만 더 이상 아무 소리도 들리지 않았어. 집 안에서도 집 밖에서도 아무런 인기척이 없었어. 난 그저 쥐새끼 따위가 그랬으려니 생각했어. 심장이 미친 듯이 뛰는데 어떻게든 진정하려고 노력했어. 이대로 포기할 수는 없었으니까. 난 크게 심호흡을 몇 번 하고 다시 수색을 시작했어. 이번에는 대문으로 돌아와 왼편으로 걸음을 옮겼어. 그런데 커다란 장독대 옆으로 철조망을 이어 붙인 낡은 우리가 있더라.”

“우리 안에 뭔가 있었어? 가축 사체라든가 말이야.”

“구더기에 파 먹힌 가축 사체가 있기를 바라는 것 같지만, 이번에도 아니야. 철망이 다 찢긴 우리 안은 텅 비어 있었어. 우리를 지나 쭈욱 플래시를 훑는데 벽 아래 그늘진 어둠 속에 뭔가가 보였어.”

“뭐가? 드디어 시신?”

“시신이 튀어나오는 상황을 계속 바라는 것 같은데 아니라고, 이 멍청아! 진지하게 안 들어?”

“아…… 하하. 미, 미안. 너무 몰입하다 보니 그만…….”

“플래시에 비친 건 운동화 끝이었어. 명호가 신고 나갔던 바로 그 운동화 말이야.”

“찾았구나.”

“그래. 그런데 좀 이상했어. 플래시가 운동화 등이 아니라 운동화 바닥을 비추고 있었거든.”

“쓰러져 있었구나, 정신을 잃고.”

“맞아. 정신이 있었다면 내가 불렀을 때 대답했겠지. 눈앞이 캄캄해졌어. 떨리는 손으로 할머니한테 전화를 걸어 위치를 알리고 난 쓰레기 더미와 망가진 우리를 지나 명호에게 달려갔어. 급히 쓰러진 명호를 부둥켜안았는데 옷이며 머리며 흠뻑 젖어 있더라. 그리고…….”

"그리고?"

"명호가…… 눈을 하늘로 까뒤집고 온몸을 사시나무 떨듯 떨고 있었어……."

"마, 맙소사."

"그길로 명호를 둘러업고 할머니 집으로 달려갔어. 마침 할머니도 맞은편에서 오시는 중이었어."

"바로 병원으로 갔어?"

"아니. 할머니는 차가 없고, 몇 번 운행 안 하는 마을버스도 끊긴 뒤였어."

"허……."

"일단 젖은 옷을 갈아입히면서 다친 곳이 없는지 살폈는데 별다른 외상은 없었어. 이마를 짚어보니 몸이 불덩이였어. 할머니는 엄마가 챙겨준 비상 약통에서 해열제를 꺼내 명호에게 먹였어. 그사이 명호의 발작은 진정됐고 시간이 지나 약효가 도는지 열도 조금씩 떨어지더라."

"다행이다, 정말로."

"응. 내가 못 찾았으면 진짜 큰일 날 뻔한 거지. 애가 다음 날 정오를 넘겨서야 겨우 정신을 차리더라."

"그래서 물어봤어? 거긴 왜 갔는지?"

"그게 문제야."

"문제라고? 다 해결된 거 아니야?"

"할머니한테 여쭤봤는데 그 집은 신내림을 받은 무당집이래. 할머니 말로는 그 집 사람들 약간 정신이 이상하다고⋯⋯."

"붉은 깃발에 그런 비밀이 있었군."

"응. 그런데 산에서 기도를 드리느라 집을 자주 비운다더라고. 네 말대로 명호한테 물어봤어. 붉은 깃발이 꽂힌 집에는 왜 갔냐고. 그랬더니⋯⋯."

"야야, 뜸 들이지 말고 빨리 말해봐. 뭐라던대?"

"핏기 없는 얼굴로 기력도 하나 없던 애가 갑자기 자리에서 벌떡 일어서더니 미친 듯이 제자리에서 뛰기 시작하는 거야."

"뭐, 뭐라고?"

"그 전날 밤 치켜뜬 명호 눈동자가 겹쳐 보이면서 마치 귀신이 들린 것 같았어."

"미스터리 그 자체로군."

"진정시키고 다시 눕히느라 애 좀 먹었다. 다행히 열도 다 떨어지고 남아 있던 감기 기운도 챙겨온 약을 먹였더니 좋아졌어."

"다소 의문은 있지만 하룻밤 해프닝으로 끝난 건가."

"그랬으면 좋았겠지만 아직 끝이 아니야. 저녁에 할머니가 명호 기가 허해졌다고 기력을 보충해준다며 삼계탕을 해오셨거든.”

“오, 시골 할머니 삼계탕.”

“네가 잘 몰라서 그래. 명호는 삼계탕, 아니 닭이든 돼지든 고기를 좋아하지 않아. 차라리 채소나 과일을 좋아하지.”

“흠, 아직 진정한 맛을 모르다니 아쉽군.”

“근데 고기는 눈길조차 주지 않던 애가 갑자기 눈알이 뒤집혀서 닭 다리를 양손으로 잡고 허겁지겁 뜯어먹는 거야.”

“아프기도 했고 허기가 져서 그랬겠지.”

“그럴 수도 있겠지. 하지만 반대로 그렇게 좋아하던 채소 반찬은 손도 대지 않더라고. 상추며 깻잎이며 나물이며 아예 쳐다보지도 않는 거야.”

“식성이야 얼마든지 바뀔 수 있으니까.”

“그건 나도 알아. 하지만 내가 알던 명호가 아닌 것 같았어. 계속 고기를 걸신들린 듯이 먹어치우고, 틈만 보이면 집 밖으로 뛰쳐나가려고 하고……. 계속 명호를 신경 쓰느라 지치더라.”

“너 무섭냐? 왜 이렇게 식은땀을 흘려.”

“응. 솔직히 조금 무서워. 그제 엄마 아빠가 우릴 데리러 시골집에 오셨거든. 그래서 우리 짐을 싸다가 명호 가방을 열었더니 썩는 냄새가 진동하는 거야.”

“썩는 내? 왜 뭐가 들어 있었는데?”

"비닐봉지에 온갖 채소 반찬이 썩어 있었어. 새카맣게 썩어 곰팡이가 핀 봉지를 펼쳐 보고 우리 식구 모두가 경악했다고."

"이상하네. 조금 전에는 멀쩡해 보였는데……."

"응. 맞아. 시골에서 천안으로 올라오고 나서는 멀쩡해졌어. 어젯밤과 오늘 아침에 엄마가 차려준 채소 반찬도 아주 잘 먹었고. 시골집에서와는 뭔가 분위기가 달라졌달까? 다시 내가 알던 명호로 돌아온 것 같았어."

"다행이네."

"사실 올라오기 전날, 할머니와 엄마가 하는 얘길 들었어."

"얘기?"

"응. 밤에 얼핏 잠들었다 깼는데 할머니가 엄마한테 속삭이는 소리가 들리더라. 이상하게 할머니 말소리가 귀에 꽂히더라고."

"뭐라고 하셨는데?"

"무당한테서 부적을 써왔으니까 명호 베개에 넣어놓으라고."

"흠, 그렇다는 건 명호의 이상 행동이 무당이 준 부적으로 고쳐졌다고 믿는 거구나."

"응. 인정하기 싫지만 맞아. 그동안 겪은 일들을 종합해보면 이런 결론이 나오더라."

"오호, 충호의 추리 파트 시작인가."

"추리고 나발이고 일단 내 생각을 들어봐. 내가 휴대폰 게임을 하다 잠든 사이 무당집에 잡혀 있던 귀신이 혼자 있는 명호를 불렀어. 명호는 귀신의 부름에 홀려서 혼자 논길을 가로질러 아무도 없는 무당집으로 간 거야. 그리고 귀신이 명호에게 빙의했어. 눈동자를 뒤집고 온몸을 떨어대던 바로 그때 말이야."

"빙의라, 제법 흥미로운 가설이군."

"난 귀신에 홀린 명호를 업고 집으로 돌아왔어. 명호는 정신을 차리고 깨어났지만 이미 명호의 몸속엔 귀신이 함께 있었지. 무당집에 간 이유를 물었을 때 명호가 미친 듯이 뜀박질을 한 건 발이 없는 귀신이 허공에 떠 있는 걸 표현한 거라고 생각해. 너도 잘 알지만 명호가 말이 좀 느리잖아. 아직 귀신이나 빙의라는 개념을 모르는 명호는 직접 몸으로 설명한 거야. 또 평소 입에 대지도 않던 고기를 허겁지겁 먹은 건 명호에게 아귀가 붙었기 때문이야. 굶어 죽은 귀신, 아귀 말이야!"

"시도 때도 없이 귀신 영화만 보더니 아주 전문가가 다 되셨네."

"천안까지 귀신이 따라올 것을 우려한 할머니는 무당에게서 부적을 써왔고, 그 부적의 효험으로 명호에게 붙은 아귀가 떨어진 거야. 그래서 집에 온 명호가 평소의 명호로 돌아온 거지, 휴우."

"나름 오컬트에 기반을 둔 네 추리도 그럴듯해. 근데 난 좀 다르게 생각했어."

"다르게? 어떻게?"

"그전에 몇 가지 확인을 해보자. 정신이 든 명호가 갑자기 제자리에서 뛰었다고 했지."

"응."

"그때 무릎을 굽혔어? 굽히지 않았어?"

"뭐야. 무릎이 중요한 거야? 하도 충격적이라 또렷이 기억하는데 무릎은 굽혔어."

"오케이. 그러면 다음. 무당집에 문짝이 다 부서진 우리가 있었다고 했지. 그 우리의 크기가 얼마만 했어?"

"음⋯⋯. 아마 내 무릎보다 조금 위?"

"좋아. 그럼 이제부터는 나의 추리 타임이야."

"쳇. 아까부터 계속 묘하게 즐기는 것 같다만⋯⋯. 그래, 어디 한번 말해봐."

"그날 명호는 혼자 만화를 보다 질렸을 거야. 케이블 만화 채널은 보고 싶은 만화를 골라 볼 수가 없지. 네가 잠들기 전에 포켓몬을 보고 있었더라도 정해진 편성에 따라 다른 만화가 이어졌을 거야. 개중에는 명호 나이에 보기 어려운 만화도 방영됐을걸. 그렇게 텔레비전에서 눈을 뗀 명호는 심심해졌어. 넌 잠들었고 할머니는 외출했지. 결국 참을 수 없던 명호는 운동화를 신고 집을 나섰어."

"흠, 여기까진 설득력 인정."

"명호가 나갈 때만 해도 비는 오지 않았어. 비가 내렸다면 우산을 가져갔거나 아예 나가지 않았을 테니까. 일단 명호는 마당을 거쳐 대문 밖으로 나갔어. 그다음부터는 아이들 특성대로, 발길 닿는 대로 돌아다녔겠지. 그게 대문에서 오른쪽 방향의 논길이었던 거야. 이리저리 구경하며 논길을 걷던 중에 비가 쏟아져. 당황한 명호는 비를 피하려고 달려가. 되돌아서 할머니 댁에 가기에는 너무 멀었을 거야. 어쩔 수 없이 훨씬 가까운 눈앞의 무당집으로 뛰어갔겠지. 대문 위 붉은 깃발은 어서 오라고 펄럭거리고, 철 대문은 살짝 열려 있고. 체격이 작은 명호는 무리 없이 대문 틈으로 들어가지. 그리고 무당집 마당에서 그것과 마주했어."

"그⋯⋯ 그것? 아귀?"

"아니, 아니."

"아니면 뭐? 뜸 들이지 말고 빨리 말해."

"토끼. 명호가 마주한 건 토끼였어."

"뭐? 토끼?"

"무당집 마당에는 철망이 찢긴 작은 가축우리가 있었다고 했지? 크기로 보아 닭 우리는 아니었을 거야. 그렇다고 강아지도 아니었어. 바로 토끼였지."

"그걸 어떻게 확신해?"

"명호의 이상행동으로 유추할 수 있어. 깨어난 명호가 무당집에 왜 갔냐는 물음에 껑충껑충 뛰었다고 했지. 아직 말이 서툰 명호는 무당집 마당에서 토끼를 봤다는 걸 설명하기보다 무릎을 굽혀 제자리 뛰기로 보여준 거야."

"그…… 그럴 리가……."

"고기를 먹는 식성 변화는 오랜 시간 비를 맞아가며 토끼와 노느라 아팠던 만큼 기력이 딸려 평소 먹지 않던 고기를 먹은 거지."

"채소 반찬을 먹지 않은 건 어떻게 설명할 건데?"

"채소 반찬을 먹지 않은 건 토끼에게 가져다 먹이려고 그런 거야."

"뭐라고?"

"먹지 않은 채소 반찬을 몰래 봉지에 넣어 모아두었다고 했지? 틈만 나면 집 밖으로 나가려 했다고도 했어. 채소를 먹는 토끼를 위해 반찬을 모아서 가려던 거였지. 하지만 결국 집 밖으로 나가지 못했고 반찬은 가방 속에서 썩어버린 거야."

"아, 아냐. 그날 명호는 정말로 귀신이 들린 것처럼 몸을 떨어댔단 말이야."

"그건 아기 열경련이야. 생후 구 개월에서 오 세 사이의 일부 아이에게서 고열이 발생하면 경련을 일으키는 증상을 보이기도 해. 명호는 갑자기 맞은 비 때문에 급격히 체온이 떨어졌어. 결국 감기에 걸려 열경련을 일으켰던 거야."

"그렇다면 부적으로 아귀를 쫓아낸 게 아니었다는 거야?"

"토끼가 있는 시골을 떠나 집으로 돌아왔으니 더 이상 채소를 모을 필요성이 없어진 거지."

"그럴 수가……."

"물론, 이건 내 추리일 뿐. 명호가 스스로 말해주기 전까지는 어떤 게 진실인지 아무도 몰라. 오직 명호만이 진실을 알고 있겠지."

여름 방학에 있었던 명호 빙의 사건은 그렇게 싱겁게 막을 내렸다.

나는 충호 방에서 여름 방학 동안 놀지 못한 회포를 풀려고 정신없이 놀았다. 물론 방학 숙제는 한 글자도 쓰지 않은 채였지만.

점심때 들어간다던 엄마와의 약속은 미루고 미뤄 저녁이 됐다. 집에 들어오라는 엄마의 최후통첩에 결국 아쉬움을 머금고 충호 방을 나섰다.

명호는 거실에서 텔레비전을 보고, 아주머니는 부엌에서 분주히 저녁 준비를 하는 중이었다.

"저 이제 가볼게요."

"가려고? 지금 저녁 차리고 있는데 같이 먹고 가지."

마음이 동했지만 엄마의 도끼눈이 뇌리를 스쳐갔다. 나는 서둘러 손사래를 쳤다.

"아, 아녜요. 저녁은 집에서 먹어야죠."

"그래 그럼. 다음에 또 놀러 와."

아주머니께 꾸벅 인사를 하고 충호의 배웅을 받아 현관으로 향하던 중이었다.

"토……끼."

등 뒤에서 들리는 앳된 목소리에 나와 충호가 동시에 고개를 홱 돌렸다.

"토끼. 깡충. 토끼. 헤헤."

명호가 텔레비전을 손가락으로 가리키며 또렷하게 '토끼'라고 말하고 있었다.

나는 말없이 충호를 바라봤다.

충호도 내 눈을 마주했다.

충호의 얼굴이 몹시 흔들리는 건 내 동공이 지진이 난 듯 흔들려서일까.

짧지만 한없이 긴 침묵의 시간이 흘렀다.

그 침묵을 참을 수 없다는 듯 나와 충호는 어색한 웃음을 터트렸다.

"에이, 그 사이에 토끼라는 단어가 트였겠지."

"맞아, 하하하. 그랬을 거야."

"나 간다. 쉬어."

"응. 잘 가. 안녕."

현관문이 닫히고.

나는 한동안 복도에 우두커니 서 있었다.

그건 충호도 마찬가지였으리라.

현관문에서 멀어지는 충호의 발소리가 들리지 않았기 때문이다.

그때 복잡했던 머릿속에 어떤 생각이 스쳤다.

나는 그 자리에서 휴대폰을 꺼내 충호에게 전화를 걸었다. 충호는 첫 번째 신호음이 가기도 전에 받았다.

그렇게 우리는 현관문을 사이에 두고 통화를 시작했다.

- 충호야. 내가 틀린 것 같아.

- 오, 명탐정도 헛다리를 짚을 때가 있구나.

- 뭐, 나라고 다 알겠냐. 그보다 명호는 토끼를 소리 내 말할 수 있어. 생각해보면 우리를 빠져나온 토끼가 열린 대문 밖으로 나가지 말란 법은 없지. 집토끼라도 충분히 집 밖

으로 탈출할 수 있으니까. 그래서 다시 추리해 봤어.

– 다시?

– 응. 뭔가 놓친 부분이 없는지 차근차근 생각해 봤는데 말이야…….

– 우리가 놓친 부분이 있던 거야?

– 아까도 말했지만 이건 어디까지나 내 추리일 뿐이야. 어떤 게 진짜인지는 몰라. 하지만 들어볼래?

– 오케이. 해봐.

– 일단 명호는 좋아하는 것, 좋아하는 음식을 모아두는 버릇이 있는 것 같아. 나한테 준 호두도 그래. 사실은 호두과자의 과자도 좋아하지만 안에 박힌 호두도 과자 못지않게 좋아하는 거 아닐까?

– 맞아. 명호는 호두를 못 먹지 않아. 견과류는 가리지 않고 다 잘 먹어.

– 그리고 좋아하는 음식을 남한테 나눠 주는 걸 좋아하지. 나한테 호두를 나눠 줬듯이.

– 뭐, 이해했어. 그런데 그게 할머니 집에서 있었던 일과 어떤 연관이 있다는 거야?

– 명호가 좋아하는 채소 반찬을 모아둔 이유. 그게 토끼에게 주려던 게 아니라면…….

– 토끼가 아니라고? 그럼 누구?

─ 잘 생각해봐. 할머니 댁에서 무당집까지는 논길을 가로질러야 하는데 명호 혼자서 가기에는 꽤 거리가 있어. 만약 집 밖에서 우연히 만난 누군가와 함께 갔다면 어때?

─ 뭐라고?

─ 무당집에 찾아간 이유를 물었을 때 명호가 뜀박질을 했던 게 깡충깡충 뛰는 토끼를 몸짓으로 표현한 게 아니라 누군가와 함께 신나게 뛰어놀았다는 걸 의미하는 게 아닐까?

─ 흠, 그러면 누구랑 놀았다는 거야?

─ 무당집에 갔을 때 누군가 널 지켜보는 것 같다고 했지. 게다가 컵을 떨어뜨리는 소리도 들렸다고 했고.

─ 맞아. 난 그저 쥐새끼가 그런 줄 알았는데…….

─ 사람의 육감은 의외로 정확해. 그건 쥐가 아니라 누군가의 시선이었던 게 아닐까?

─ 뭐? 자세히 설명해봐.

─ 너희 할머니가 그러셨다며. 무당집 사람'들'이 정신이 이상하다고.

─ 마, 맞아. 그러셨어…….

─ 무당집에는 무당 혼자 살았던 게 아니야. 게다가 정신이 이상하다는 말은 지적장애를 의미하는 포괄적인 말일 수도 있어.

─ 헐.

– 만약 명호가 무당집에서 지적장애가 있는 누군가와 함께 비를 맞고 놀았다면. 그러다 열이 오른 명호가 열경련을 일으켰고, 그 누군가는 겁을 집어먹고서 집 안에 불을 끄고 숨어 있었다면. 명호를 찾으러 온 널 숨죽여 지켜본 게 아닐까?

– 그래서 그 누군가를 친구라 생각한 명호는 좋아하는 반찬을 나눠주려고 할머니와 나 몰래 모아뒀다는 말?

– 그렇지. 착한 명호는 결국 친구에게 좋아하는 반찬을 건네주지 못했지만 말이야.

– 평소의 명호라면 가능할 법하긴 해.

– 사실은 지적장애가 아닐 수도 있어. 그저 할머니 기준으로 이상한 사람이 명호와 신나게 놀아줬을 수도 있겠지. 중요한 건 그게 아니니까. 지금이라도 할머님께 여쭤보면 바로 확인할 수 있어. 무당집에 무당 말고 함께 사는 사람이 있는지 말이야. 물론 할머니는 네게 이유를 물어볼 테고, 그러면 넌 대충 얼버무려야 하겠지. 사실대로 이야기하면 명호의 실종에 대한 비난을 무당집에 사는 누군가가 들어야 할지도 모르니까.

– 후, 무슨 말인지 알겠어. 이 이야기는 우리 둘 사이에서 끝내는 게 좋겠다. 진실은 묻어두자고. 언젠가 명호 스스로 이야기할 때까지는.

－ 그래. 너라면 그렇게 얘기할 줄 알았어. 어쨌든 돌아와서 반갑다. 내일은 네가 우리 집으로 놀러 올래?

－ 그래 몇 시에 갈까?

－ 음…… 아홉 시?

－ 야야, 너무 이르잖아.

－ 그러면 열 시?

충호와의 통화는 내가 집에 들어갈 때까지 계속됐다.

숙제 한 자 안 한 나를 본 엄마가 분노의 샤우팅을 내지르기 전까지…….

다섯 번째 작품

코난

분필이 사각이는 소리 말고는 침묵이 내려앉은 교실.

선생님의 손끝에서 분모가 다른 대분수 덧셈 풀이가 피어나 칠판을 한가득 수놓았다. 하얀색 숫자와 부호가 칠판의 마지막 공간을 채우던 순간, 기다렸다는 듯이 교실 스피커에서 수업 종료종이 울려 퍼졌다.

선생님은 그제야 판서를 마치고 분필을 내려놓았다. 꾸벅꾸벅 꿈나라를 유영하던 아이들이 서둘러 침을 닦고 고쳐 앉았다.

아이들을 향해 돌아선 선생님이 손가락으로 안경 중앙을 올린 뒤 입을 뗐다.

"여러분, 배불리 점심을 먹고 나른한 건 선생님도 이해해요.” 잠시 말을 멈춘 선생님이 아이들을 쓱 둘러봤다. “하지만 이제 곧 오 학년이 될 텐데 지금 열심히 공부해야 내후년 중학교에서 좋은 성적을 받을 수 있는 거 알죠?”

“네에.”

그저 선생님이 빨리 사라지길 기다리는 아이들은 입을 모아 대답한다.

“좋아요.” 고개를 끄덕인 선생님이 몸을 돌려 앞문으로 향했다. 아이들은 그런 선생님을 숨죽여 지켜봤다. 마침내 앞문으로 교실을 나가던 선생님이 깜빡 잊은 듯 고개를 돌리고 덧붙였다.

“아! 다음 시간에 오늘 배운 내용 쪽지 시험 치니까 복습 열심히!”

오른쪽 눈을 찡긋거린 선생님이 사라진 곳에서 복도를 울리는 웃음소리만이 메아리처럼 맴돌았다.

교실 곳곳에서 탄식이 새어 나왔다.

“아, 또 쪽지 시험.”

“진짜 우리 담임 왜 저러냐?”

“담탱이 쪽지 시험 성애자라는 거 몰랐냐.”

불평 어린 한 마디와 함께 교실은 책, 걸상이 바닥에 끌리는 소리로 소란스러워졌다.

벌떡 일어나 축구공을 들고 교실 밖으로 뛰쳐나가는 아이,

한껏 기지개를 켜는 아이, 다시 책상에 엎드리는 아이, 몸을 돌려 뒷자리 친구와 수다를 떠는 아이, 잽싸게 교실 뒤로 뛰어가 둥글게 부풀린 우유팩을 차는 아이들까지.

찰나의 쉬는 시간 10분을 각자의 방식으로 즐기려는 아이들로 4학년 2반 교실은 초등학교 특유의 활기를 되찾았다.

창가 자리에 앉아 있던 은기는 주변의 소요와 상관없이 책상 서랍 속에서 책 한 권을 꺼내 들었다. 책갈피로 표시한 페이지를 펼치고 막 집중하려는 찰나, 충호가 말을 걸었다.

"뭐야. 또 코난이야?"

은기가 펼친 책 위로 빼꼼히 고개를 내밀었다. 충호의 손에 둥글게 부풀린 200밀리리터 빈 우유팩이 들려 있었다.

은기가 울상을 지으며 말했다.

"미안, 미안. 지금 코난이 검은 조직의 비밀을 밝혀내기 직전이거든. 지금 이 순간을 놓치면 또 한 시간을 꼬박 기다려야 해서⋯⋯. 흐흐흐. 친구, 우유팩 야구는 다음으로 미루면 안 될까?"

충호는 은기의 말에 아랑곳없이 앞자리에 털썩 앉았다.

"명탐정 코난 오십 권? 야, 한 권에 네다섯 명씩만 죽는다 치면⋯⋯ 벌써 이백오십 명 가까이 죽였다는 말인데, 그렇게 죽여놓고도 아직도 모자라다는 거야?"

충호가 놀란 표정으로 혀를 찼다. 그리고 정색한 얼굴로 물었다.

"솔직히 말해봐. 너 이거 처음 보는 거 아니지?"

은기가 눈을 아래로 내리고 웅얼거렸다.

"어? 으음……. 어, 어떻게 알았어?"

"만화책 끝부분이 해져 있고 전체적으로 낡은 느낌이야. 빌린 책이라면 전면에 빌린 곳의 스티커가 붙어 있어야 하지만 네 책에는 아무런 스티커가 없단 말이지. 결국 네가 소장 중인 책이고 적어도 이미 수십 번은 읽은 책이라는 결론이 나온다."

은기가 손가락 총으로 충호를 가리키며 찡긋거렸다.

"짜식, 방금 명탐정 코난 같았어."

"아우 죽을래?" 주먹으로 때리는 시늉을 하던 충호가 갑자기 진지하게 물었다. "근데 말이야. 사실 전부터 궁금했던 건데 넌 왜 그렇게 코난에 집착하는 거냐? 추리 좋아하는 건 익히 알고 있지만 명탐정 코난은 유독 더 심하단 말이지."

은기는 의외라는 듯 말했다.

"어? 내가 말 안 했던가?"

"뭘?"

"코난이 내 인생 만화가 된 이유."

"적어도 내가 기억하는 선에서는 없어."

"그랬구나……." 은기는 천천히 고개를 끄덕였다. 잠시 뭘

가를 생각하던 은기는 들고 있던 만화책을 책상에 내려두고
말했다. "사실 이 학년 때 일이라 잘 기억나지 않는데 부모님
께 들었던 이야기와 내 기억을 토대로 말해줄게."

충호가 앉아 있던 의자를 은기 쪽으로 돌리고 말했다.

"오케이, 바로 시작해보셔."

*

사방이 하얗게 칠해진 다섯 평 남짓한 공간에 서늘함이 감
돌았다.

백색 가운을 입은 의사 앞에 중년 부부가 나란히 앉아 있
었다. 상담실을 가득 메운 침묵이 이들 세 사람을 무겁게 짓
눌렀다. 상담석에 앉은 여성이 불안한 얼굴로 입을 뗐다.

"박사님, 우리 은기가 다시 학교에 나갈 수 있을까요?"

여성 옆에 앉은 남성은 침통한 얼굴로 이마에 흐르는 땀을
손수건으로 닦아냈다. 따로 말하지 않았지만 남성의 얼굴에
는 답답한 기색이 역력했다. 머리가 희끗희끗한 의사가 묵묵
히 차트를 바라보다가 한참 만에 고개를 들고 부부와 시선을
맞췄다.

"은기 군이 등교를 거부한 지 얼마나 됐죠?"

여성이 재빨리 답했다.

"이제 벌써 삼 개월째예요. 초등학교 이 학년 여름 방학이 끝나고 얼마 안 돼서 등교를 거부했으니, 솔직히 다른 애들보다 학습 진도를 못 맞출까 봐 걱정돼 죽겠어요."

아내의 말에 남편은 화가 난 듯 대꾸했다.

"지금 그게 게 문제야? 당신은 애가 왜 학교를 안 가려고 하는 건지 궁금하지도 않아? 이제 초등학교 이 학년이야. 당신이 이렇게 공부에 집착하니까 애가 학교에 안 가려는 거 아냐!"

아내도 남편을 노려보며 응수했다.

"아니, 지금 은기가 학교 안 가는 걸 내 탓으로 돌리는 거예요? 당신은 애한테 신경이나 쓰면서 그런 얘기 하는 거예요?"

"당신 지금 나랑 한번 해보자는 거야!"

*

"아, 기억나. 이 학년 이 학기 때, 너 한참 학교 빠졌었잖아." 은기의 이야기 사이에 충호가 끼어들었다. "그나저나 아줌마는 그때도 무척 엄하셨구나."

충호의 말에 은기가 고개를 절레절레 흔들었다.

"야야, 말도 마. 우리 김 여사님, 그나마 요즘엔 직장 나가느라 덜한 편이야."

"네가 고생이 많다. 그래서 어떻게 됐어? 빨리 말해봐."

손을 팔랑거리며 재촉하는 충호에게 은기가 버럭 했다.

"얌마, 말은 네가 끊었잖아."

"알았어. 알았어. 방해 안 할게."

한차례 눈을 흘긴 은기가 다시 이야기를 시작했다.

*

부부의 날 선 다툼이 본격적으로 시작되려는 찰나 의사가
끼어들었다.

"자자, 두 분 다 이쯤에서 그만하십시오. 저희 쌍용 최면
센터에 찾아오신 건 등교 거부와 함께 시작된 아이의 악몽이
연관됐다고 생각하시기 때문이죠? 매일 밤 반복되는 악몽이
아이의 등교 거부와 관련이 있을 거라는 두 분의 생각은 우
선 합리적이라고 말씀드리고 싶습니다. 이곳에 찾아오시면
서 두 분이 저희 쌍용 최면 센터에 대해 먼저 알아보셨으리
라 생각합니다만, 제가 한 번 더 보충 설명을 해드려도 될까
요?"

부부는 동시에 고개를 끄덕였다.

의사는 그런 부부를 보고 만족스러운 표정으로 이야기를

시작했다.

"심리학자 프로이트는 '꿈은 현실의 표출이지 상상의 산물이 아니다'라고 말했습니다. 혹시 들어보신 적 있으신지요?"

잠시 머뭇거리던 부부가 고개를 저었다.

"꿈 자체가 현실과 밀접한 관련이 있다는 것을 이십 세기 초의 학자 프로이트가 이미 간파한 것이죠. 저희 쌍용 최면 센터는 역사는 짧지만 최면에 관해서는 국내 최고의 기술과 노하우를 지닌 센터라고 자부합니다. 자, 인간의 수면은 렘수면이라 부르는 얕은 잠과 깊은 잠이 반복되는 과정으로 이루어집니다. 이 주기가 대체로 하룻밤 사이 사 회에서 육 회 정도 반복되는데, 주로 얕은 잠을 잘 때 꿈을 꾸게 됩니다. 연구 결과에 따르면 뇌는 주간에 일어난 무수히 많은 사건을 해마라는 단기 기억 장소에 보관했다가 수면 중에 필요한 것만 갈무리해서 대뇌피질로 보냅니다. 현실에서 경험한 단편적 기억을 대뇌피질에 저장하고자 재생, 편집하는 과정에서 꿈이 나타나기 때문에 현실에서 강렬한 인상을 받았거나, 절실한 소망 또는 반복된 경험일수록 꿈으로 재현될 확률이 높아집니다. 비현실적인 꿈도 마찬가지지요. 여기까지 이해되시나요?"

"네. 박사님."

남편의 대답에 아내 역시 고개를 끄덕였다.

의사는 이어서 설명했다.

"결과적으로 꿈은 현실의 개인적 체험이나 이상을 반영한 아주 개인적이고 무의식적인 욕구의 발현이라 봐도 무방합니다. 저희는 꿈을 풀이하는 해몽 같은 비과학적 영역 대신 최면 요법으로 꿈과 같은 잠재의식에 접근하는 분야에서 탁월한 성과를 거두었답니다. 이러한 접근을 통해 환자 자신의 문제나 증상에 기여하는 근본적인 문제를 탐색하고 해결할 수 있습니다. 자, 이게 뭐로 보이시나요?"

의사는 두 부부의 눈앞에 뭔가를 들어 보였다. 아내는 머뭇거리면서 대답했다.

"목걸이요."

의사는 손을 남편 쪽으로 가져가며 한 번 더 물었다.

"자, 남편분도 보이시나요?"

남편은 당연한 듯 말했다.

"네, 은색 펜던트가 달린 목걸이입니다."

의사는 펜던트를 천천히 좌우로 흔들어 보였다.

"보시는 대로 저는 펜던트 최면 요법을 사용합니다."

잠시 말을 멈춘 의사가 부부를 훑어봤다.

"펜던트 최면은 도구 등을 사용한 시각적 자극을 통해 최면 상태를 유도하는 기술입니다. 제가 이 펜던트를 움직이면 은기 군은 펜던트의 움직임에 주의가 끌립니다. 이때 펜던트의 움직임에 집중하면서 점점 더 깊은 최면 상태로 들어가게 됩니다. 그렇게 트랜스 상태에서 잠재의식인 꿈에까지 접근할 수 있죠."

아들의 이름이 나오자 부부의 눈빛이 반짝였다.

"그러면 최면 상태에서 아들이 꾸는 악몽이 무엇인지 알 수 있는 거군요."

의사가 '딱' 소리를 내며 손가락을 튕겼다.

"네. 정확히 보셨습니다. 저희는 지난 이 주간 총 네 번 최면 치료를 시행했습니다. 은기 군은 깨어난 뒤 악몽을 기억하는 자각몽뿐만 아니라 비자각몽에서도 가위눌림에 맞먹는 악몽을 꾸는 것을 확인했습니다. 또한 대부분의 악몽이 정형화된 패턴으로 반복된다는 것도 확인했죠. 오늘 두 분을 저희 센터에 모신 이유는 아드님이 최면 상태에서 이야기하는 꿈 내용을 들려드리고자 합니다. 자, 마지막으로 녹화한 최면 치료 영상을 보시죠."

의사의 말이 끝나자 한쪽 벽에 거대한 스크린이 내려왔다. 상담실 조명이 차츰 어두워지고 스크린 속 영상이 또렷해졌다. 부부는 어느새 서로의 손을 붙잡고 숨죽인 채 스크린을 바라봤다.

의사가 리모컨의 재생 버튼을 누르자 영상이 시작됐다.

영상 속 은기는 안락의자에 편안하게 앉아 있었다. 의사가 천천히 펜던트를 흔들자 은기의 눈이 서서히 감겼다.

'자. 제가 천천히 셋을 세겠습니다. 제가 셋을 세는 순간 은기 군은 완벽한 최면 상태에 빠지게 됩니다.' 의사는 이어서 숫자를 셌다. '하나…… 둘…… 셋.'

동시에 은기의 고개가 힘없이 꺾였다.

'이제 은기 군은 육신이라는 현실의 제약에서 자유로워졌습니다. 은기 군의 의식이 자유롭게 붕 떠오르는 게 느껴지시나요?'

눈을 감은 은기는 천천히 대답했다.

'네…….'

의사가 이어서 말했다.

'이제 은기 군의 의식은 아주 깊은 기억 속으로 날아갑니다. 어젯밤에 꿈을 꿨다고 했었죠. 아주 기억하기도 싫은 끔찍한 꿈이라고 했습니다. 제가 손가락을 튕기면 이제 은기 군은 그 꿈속으로 날아갑니다. 하지만 걱정할 것 없습니다. 제가 은기 군과 함께 있을 테니까요. 원한다면 언제든 중단할 수 있습니다.'

의사가 딱 소리를 내며 손가락을 튕겼다. 동시에 은기의 얼굴이 일그러졌다. 때때로 끙끙거리는 소리를 내기도 했다. 의사는 천천히 물었다.

'무엇이 보이나요?'

은기는 힘겹게 입을 뗐다.

'골목…… 어두컴컴한 골목이 보여요.' 의사는 말없이 기다렸다. 은기는 잠시 쉬었다 이야기를 계속했다. '골목길은 음습하고 무서워요. 감옥처럼 높다란 담벼락이 좌우로 빙 둘러 저를 집어삼킬 듯 서 있어요. 빠르게 담장이 스쳐 지나가요. 달리고 있는 것 같아요. 그런데 뭔가에 쫓기는지 계속 뒤를 쳐다보고 있어요. 뒤에는, 뒤에는…….'

'네, 은기 군. 뒤에 뭐가 있죠?'

'모르겠어요. 뭔가 검은 사람 형체가 절 뒤쫓고 있어요. 고개를 돌릴 때마다 검은 사람이 가까워져요. 무, 무서워요…….'

의사는 침착하게 말했다.

'자, 진정하세요. 검은 사람은 은기 군을 헤칠 수 없습니다. 괜찮아요.'

은기는 다소 진정된 목소리로 말을 이었다.

'끝없이 이어지던 골목이 막다른 곳에 다다랐어요. 숨이 차서 시선이 위아래로 흔들려요. 저, 저는 천천히 고개를 뒤로 돌려요. 흐아악!'

은기가 허공을 손가락으로 가리키며 날카롭게 비명을 질렀다.

'뭔가요. 뭐가 보이나요?'

'전 깜짝 놀라 엉덩방아를 찧었어요. 검은 사람이 한 발자국 앞으로 다가왔어요. 그리고, 그리고⋯⋯.'

'네. 계속하세요.'

'가로등 불빛에 놈의 얼굴이 드러나요.'

'누군가요? 당신을 쫓던 이가.'

'추⋯⋯ 충호? 충호가 제게 뭐라고 말해요.'

'뭐라고 하나요?'

눈을 감은 은기가 거칠게 고개를 좌우로 흔들었다.

'모르겠어요. 뭐라고 하는지 하나도 안 들려요. 하지만 충호가 제게 무척 화가 났다는 건 알 수 있어요. 절 보는 충호의 눈빛이 너무나 차가워요.' 은기는 괴로운 표정으로 눈물을 흘렸다. '이, 이러지 마. 저리 가, 가! 안 돼.'

갑자기 비명을 지른 은기가 고개를 푹 숙였다.

영상은 정신을 잃고 고개가 꺾인 은기의 모습 그대로 멈춰 있었다.

상담실 조명이 켜지고 스크린 속 은기의 모습이 희미해졌다. 영상이 끝났지만 부부는 한참을 침묵했다. 어느 누구도 섣불리 말을 꺼내지 못했다. 벽에 걸린 시계 속 초침 소리만 울리다 마침내 의사가 어렵게 입을 뗐다.

"지금 보신 영상은 아드님이 반복해서 꾸는 꿈을 최면으로 불러낸 겁니다. 누가 봐도 끔찍한 악몽이죠. 우선 은기를 위협한 충호라는 소년을 아는지 여쭤보고 싶군요."

의사의 말에 생각에 잠겨 있던 아내가 답했다.

"설마 우리 은기랑 유치원부터 초등학교에 가서도 계속 친구로 지내는 그 충호를 말하는 건 아니겠죠? 여보, 올해 초에도 같은 반이 됐다며 우리 집에 놀러 와서 당신이랑 저녁도 같이 먹었었잖아."

아내의 말에 남편이 눈을 찡그리며 턱을 쓰다듬었다. 한참만에 기억이 떠오른 듯 아내를 보고 말했다.

"맞아. 그러고 보니 이름이 낯익어. 꽤나 붙어 다녔지. 그런데 그 친구가 우리 은기를 괴롭혔다는 말이야? 대체 어떻게 그럴 수가 있지?"

남편의 목소리가 분노로 떨렸다.

아내도 새로 알게 된 사실에 분노와 경악을 금치 못했다.

"설마, 충호가 우리 은기를…… 여보 도저히 믿기지 않아요. 흐흑."

아내는 이내 흐느끼며 눈물을 흘렸다.

남편은 도저히 믿을 수 없다는 표정을 지었다.

"우리 은기가 등교를 거부하는 이유가 바로 이거였군요. 믿었던 친구의 배신, 학교 폭력 말입니다. 이렇게 어린놈이 학폭이라니……." 남편은 불같이 화를 내며 의사에게 말했다. "더 심해지기 전에 초장에 뿌리 뽑아야 합니다. 절대 용서 못 해요. 제가 무슨 수를 써서라도 학폭위와 교육청에 신고할 겁니다. 다시는 학교에 발을 못 붙이게 만들 겁니다!"

남편의 노기 어린 말에도 의사는 차분히 대응했다.

"잠시 흥분을 가라앉혀 주십시오. 현실적 문제에 대한 대응은 아드님의 치료 이후에 진행해도 늦지 않습니다. 우선은 아드님을 괴롭히고 있는 무의식의 트라우마를 해소해야 합니다. 두 분 모두 친구의 처벌보다 아드님의 정신적 극복을 더 우선하시겠죠?"

조금은 진정한 아내와 분노를 억누른 남편이 동시에 대답했다.

"네. 그렇죠."

"물론입니다."

의사는 책상 위에 올린 두 손을 깍지 끼며 이야기했다.

"그렇다면 이제 다음 단계는 치료입니다. 보셔서 아시겠지만 은기 군은 꿈속에서 충호 군이 했던 말을 최면에서조차 거부하고 있습니다. 그래서 저는 최면 속에서 암시를 걸어 은기 군의 트라우마 극복 치료를 진행할 예정입니다. 이게 저희 쌍용 최면 센터 치료의 핵심이라고 할 수 있죠."

의사는 부부의 뒤쪽을 향해 턱짓했다.

"자세한 사항은 저희 간호사가 잘 설명해드릴 겁니다. 우선 다음 주 같은 시간으로 예약을 잡겠습니다. 그동안 아드님께 꿈 이야기는 절대 비밀로 해주시고 최대한 안정을 취해주십시오. 그럼 다음 주에 다시 뵙겠습니다."

부부는 침통한 표정으로 대답했다.

"네. 감사합니다."

"꼭 좀 부탁드립니다, 박사님."

부부는 상담실을 나와 대기실에 있던 아들과 함께 쌍용 최면 센터를 나섰다.

＊

"어…… 장기 결석이 나 때문이었던 거야?" 충호가 충격을 받은 얼굴로 말끝을 흐렸다. "얼핏 일이 학년 때 너랑 싸운 기억이 나긴 하는데…… 그게 그렇게 상처인 줄은 몰랐어."

은기가 창밖을 바라보며 씁쓸하게 말했다.

"그래. 너한테 처맞은 굴욕적인 기억. 아직도 생생하지."

"그, 그게 아니라…….”

서둘러 수습하려는 충호를 향해 은기가 입술 위로 손가락을 세워 붙였다.

"쉿."

꿀 먹은 벙어리가 된 충호를 보며 은기가 말을 이었다.

＊

그로부터 일주일이 흘렀다.

은기는 다시 안락의자에 몸을 깊숙이 파묻었다. 하지만 불안한 눈빛은 감출 수 없었다.

잠시 후 노크 소리에 이어 의사가 문을 열고 모습을 드러냈다.

"잘 지냈어요?"

은기는 말없이 고개를 끄덕였다. 의사는 흡족하게 고개를 끄덕인 뒤 말했다.

"그러면 바로 시작하죠."

의사는 문 옆의 조명 스위치를 조절해 검사실의 조도를 낮췄다. 그리고 가운 주머니에서 은색 펜던트 목걸이를 꺼내 늘어뜨렸다.

검사실에 걸려 있는 거대한 이중 거울 뒤에는 서서히 최면에 빠져드는 은기를 묵묵히 지켜보는 부부가 있었다.

은기가 완전히 최면에 빠진 뒤 의사는 거울을 보며 턱짓했다. 거울 뒤의 간호사가 서 있는 부부 옆 철제의자를 가리키며 앉기를 권했다.

"자, 아드님은 성공적으로 최면에 들었습니다. 이제 두 분은 자리에서 치료를 지켜봐 주세요."

부부는 의자에 앉아 서로의 손을 꼭 잡았다.

의사는 은기 앞에 놓인 플라스틱 의자에 앉았다. 그리고 피규어를 꼭 쥐고 눈을 감은 은기를 잠시 응시했다. 모든 준비를 마친 의사가 모니터링 룸을 향해 OK 사인을 보냈다. 간호사가 버튼을 누르자 치료실에 설치된 카메라가 녹화를 시작했다.

부부는 숨을 죽이고 창문 너머로 모든 신경을 집중했다.

"자, 한 가지 약속을 하겠습니다." 의사가 고요한 치료실의 적막을 깼다. "지금부터 제가 셋을 세면 악몽 속에서 괴물 같은 충호에게 쫓기던 은기 군은 이 자리에 있는 현실의 은기 군과 분리됩니다."

은기는 미동 없이 눈을 감고 있었다. 의사가 말을 이었다.

"은기 군은 꿈속에서, 그리고 충호에게서 자유로워집니다. 또한 멀리서 꿈속의 모든 걸 지켜볼 수 있고 모든 걸 들을 수 있습니다. 아시겠죠? 걱정할 필요 없어요. 위급한 상황이 생기면 제가 은기 군을 구하러 가겠습니다." 의사는 은기의 대답을 기다리지 않고 계속 말했다 "자, 그러면 이제 셋을 세겠습니다"

잠시 은기를 물끄러미 바라본 의사가 천천히 숫자를 셌다.

"하나…… 둘…… 셋."

의사가 엄지와 검지로 손가락을 튕겼다.

"은기 군, 이제 뭐가 보이나요? 제게 얘기해주세요."

전과 달리 한결 편안해진 표정을 지은 은기가 천천히 입을 뗐다.

'헉, 헉, 헉.'

거친 숨소리가 어두컴컴한 골목을 가득 채우고 있어요. 저 아래. 제가 끝없이 이어질 것만 같은 골목길을 정신없이 달리고 있어요.

'따라오지 마. 제발 그만해. 따라오지 말라고!'

숨이 턱에 찬 제가 크게 소리쳐요.

하지만 제 뒤를 따라오는 검은 그림자가 시시각각 거리를 좁히고 있어요.

'그만! 이제 제발 그만! 흑.'

눈물을 흘리며 외쳐대지만 검은 그림자는 조만간 절 따라잡을 것 같아요.

마침내 막다른 길에 다다랐어요. 도망치던 전 발걸음을 멈출 수밖에 없어요. 숨을 헐떡거리면서 공포에 질린 얼굴로 뒤를 돌아봐요. 그러다 제 바로 뒤에 서 있는 검은 형체에 깜짝 놀라 엉덩방아를 찧어요. 검은 형체는 넘어진 저를 향해

한 발자국 다가와요. 그리고 마침내 가로등 불에 충호가 모습을 드러냈어요.

'미, 미안해. 제발 용서해줘.'

제가 사과했는데도 충호는 아랑곳없이 손가락으로 저를 가리켜요.

"친구 충호는 은기 군에게 뭐라고 하나요? 이제는 충호의 말소리가 들리지 않나요?"

의사가 심각한 얼굴로 물었다. 은기가 창백한 얼굴로 작게 고개를 끄덕였다. 그리고 지금까지와는 다른 목소리로 소리쳤다.

'용서? 네가 용서를 구할 수 있다고 생각해?'

충호가 무서운 얼굴로 소리쳐요.

저는 넘어진 상태로 두 손을 싹싹 빌어요.

'내가 잘못했어. 정말로 난 그럴 생각은 없었어. 넌 내 친구잖아.'

'친구? 넌 날 친구라고 부를 자격이 없어!'

코웃음을 치던 충호가 두 눈을 부릅뜨고 쏘아붙여요.

'다른 아이들이 날 괴롭힐 때도 난 너만은 믿고 있었어. 우린 친한 친구였으니까. 그런데 언제부터인가 넌 날 피하기 시작했어. 태수 패거리가 날 때리고 짓밟을 때도 넌 날 모른

척했어.'

충호의 말에 제가 두 손을 좌우로 흔들어요.

'아니야. 난 널 돕고 싶었어. 하지만…… 난 너무 무서웠어. 나도 괴롭힘을 당할까 봐 무서웠어.'

충호가 더욱 매섭게 다그쳐요.

'거짓말하지 마! 넌 방관한 것도 모자라 태수 패거리에 붙어 날 괴롭혔어. 교과서에 물을 붓고, 실내화에 압정을 감추고, 체육복에 낙서한 게 너였다는 걸 내가 모를 줄 알아?'

'아니야. 전부 태수가 시켜서 한 거야. 널 괴롭히지 않으면 그다음에는 날 괴롭힐 거라 그랬어. 난 어쩔 수 없었어.'

지켜보던 박사는 이제야 사건의 전말을 파악했다.

충호가 은기를 괴롭힌 것이 아니었다. 은기가 충호를 왕따시키는 패거리에 가담했던 것이다. 억지로 한 짓이지만 그 폭력은 씻을 수 없는 죄책감을 양산했고, 그 죄책감이 악몽의 형태로 은기 자신을 짓누른 것이다.

이제 곧 충호가 은기를 덮치면서 악몽은 끝난다.

그 전에 조치를 취해야 했다.

순간 박사의 눈에 은기가 손에 쥔 피규어가 들어왔다.

'네가 한 행동 자체가 네 말이 거짓이라는 증거야. 이제 나도 똑같이 널 짓밟아 줄 거야!'

'아아아아아아!'

충호가, 충호가 제게 달려들어요.

"두려움에 맞서는 건 탐정의 숙명이야."

안락의자에서 눈을 감고 있는 은기가 갑작스러운 목소리에 고개를 두리번거렸다. 의사가 최면 암시로 은기의 꿈에 개입한 것이다. 현실의 의사 목소리가 은기의 꿈속으로 이어지는 듯했다.

"나야. 코난."

"코, 코난?"

의사의 목소리에 불안해하던 은기의 표정이 한결 부드러워졌다.

"친구, 진정한 명탐정에게는 절대로 악당을 피해서는 안 되는 순간이 있어. 내가 검은 조직에 맞서는 것처럼 말이야."

의사는 은기의 표정을 살피며 목소리에 힘을 주었다.

"그건 소중한 친구가 곤경에 처했을 때야. 악당에게 굴복하지 마! 정의를 이룰 때까지 너의 용기는 꺼지지 않아." 의사는 은기의 손을 꼭 붙잡았다. "네게도 타오르는 불꽃 같은 정의가 숨어 있음을 나는 알아."

"하지만…… 태수는 싸움도 잘하고 무서워요."

"절대 잊지 마. 승리는 용기 있는 자의 몫이라는 걸. 넌 할 수 있어!"

의사, 아니 코난의 말에 겁먹었던 은기의 얼굴은 달라졌다. 은기는 불끈 쥔 주먹을 힘차게 뻗었다.

"네! 저도 용기를 낼게요. 꼭, 꼭 충호를 지킬 거예요. 약속해요!"

의사는 은기의 말에 만족스러운 표정을 지었다.

하늘을 향해 뻗었던 팔이 스르르 떨어지고 눈을 감은 은기의 얼굴에 희미한 미소가 떠올랐다.

"야! 인마, 정충호. 오늘까지 내 수학 숙제 해오랬지. 너 진짜 죽고 싶어?"

왁자지껄한 교실 밖으로 태수의 화난 목소리가 흘러나왔다.

한 달간의 치료가 끝났다.

4개월 만에 처음으로 등교한 은기는 교실 문 앞에서 한참을 망설였다.

쿵쾅쿵쾅. 심장이 두근거리고 손발이 떨렸다. 태수의 화난 얼굴이, 충호의 원망에 찬 얼굴이 눈앞에 아른거렸다.

그냥 다시 집으로 돌아갈까?

은기 안에서 나약한 마음이 다시 고개를 들려 했다.

안 돼! 정신 차려.

은기는 머리를 세차게 흔들었다. 그리고 주머니 속 코난

피규어 열쇠고리를 힘껏 쥐었다.

"후우." 한바탕 심호흡을 한 은기가 교실 문을 활짝 열어젖혔다.

"야! 박태수, 이제 그만둬!"

은기의 목소리가 쩌렁쩌렁 교실을 뒤흔들었다.

*

이야기를 끝낸 은기를 충호는 멍하니 바라봤다.

"나…… 나 기억나." 충호가 잠시 말을 멈추고 감회에 잠겨 물끄러미 창밖을 바라봤다. "넉 달 만에 등교한 네가 교실 문을 열자마자 태수한테 이단 옆차기를 날렸잖아."

은기도 그때를 회상하며 감회에 잠겨 답했다.

"그랬지. 그리고 바로 태수 패거리한테 오지게 밟혔어."

충호가 참을 수 없다는 듯 웃음을 터트렸다.

"맞아. 솔직히 그때 난 네가 완전히 미친 줄 알았어. 하하."

"그랬지. 크크크."

뭐가 그리 웃긴지 은기와 충호가 배를 잡고 웃어댔다. 영문을 모르는 반 아이들이 충호와 은기를 의아한 눈으로 쳐다봤다.

충호가 눈가에 고인 눈물을 닦으며 말했다.

"야, 네가 코난 덕후가 된 이유를 이제는 알겠다." 그리고 은기의 어깨에 손을 올리고 말했다. "그리고 조금 늦었지만 고마워."

"내가 뭘……."

쑥스러운 듯한 은기에게 충호가 코를 쓱 훔치고 말했다.

"네가 덤빈 이후로 태수가 전학 가고 괴롭힘은 사라졌지."

충호가 은기를 똑바로 응시하며 말을 이었다.

"이제야 말하지만 그놈이 전학 가기 전까지 네가 큰 힘이 됐어."

"됐어. 이제 그만해."

두 볼이 상기된 은기에게 충호가 물었다.

"야, 근데 쌍용 최면 센터? 거기가 어디냐. 쌍용동에 있는 거야? 난 한 번도 들어본 적 없는데 완전 용하네."

"아, 거기 진즉에 없어졌어."

"뭐? 왜?"

충호의 물음에 은기가 쓴웃음을 지으며 답했다.

"알고 보니 의료 면허도 없는 무허가였더라고. 나 치료받고 얼마 안 가서 야반도주하듯 폐업했어."

"헐……. 진짜? 대박……."

황당한 표정을 짓는 충호 뒤로 수업 시작종이 울렸다.

정글을 방불케 하던 무법천지의 교실이 순식간에 질서를 되찾아 갔다. 정신을 차린 충호가 은기의 어깨를 주먹으로 툭 쳤다.

"야야, 앞으로 코난 보는 건 노터치하마. 백 번 아니, 이백 번은 봐라. 하하."

"뭐래냐 멍청아."

황당해하는 은기를 뒤로하고 충호가 앞을 돌아봤다.

은기는 그 모습을 보며 주머니 속 코난 피규어를 만지작거렸다.

여섯 번째 작품

꼬마

저는 천안 초등학교 5학년 4반 37번 ○○입니다.

천안에서 태어났지만, 엄마를 따라 3학년 때 전학을 가서 2년 만에 다시 돌아왔습니다.

오랜만에 친구가 있는 학교로 돌아와 기뻤냐고요? 꼭 기쁘지만은 않네요.

제게 친구라 부를 수 있는 사람은 우리 엄마밖에 없거든요.

친구가 왜 엄마뿐인지 궁금한 표정이군요. 하지만 그보다 엄마 얘기를 먼저 해야 할 것 같아요.

저는 엄마와 단둘이 살고 있습니다.

기억하는 한 어릴 적부터 엄마와 둘이서 살아왔으니, 아빠에 대한 기억은 없다고 봐야 되겠죠.

한때는 아빠의 존재를 궁금해하기도 했습니다. 소풍이나 운동회에 아이들은 대부분 부모님과 함께였거든요. 엄마와 아빠 사이에서 해맑게 웃는 친구들을 보며 '왜 나는 엄마뿐일까?', '내 아빠는 어디에 있을까?' 하는 생각을 하곤 했어요.

궁금증이 쌓이다 보니 혼자서 이런저런 상상을 해봤어요. 아빠는 다른 나라에서 사는 걸까. 아니면 멀리 일하러 갔을까. 엄마와 싸우고 화가 나서 집에 오지 않는 걸까. 날 보고 싶지는 않을까.

이혼이란 개념도 모르던 어린 시절이었습니다. 이런저런 상상 끝에 결심했습니다. 엄마에게 물어보기로요.

그런 질문도 쉽게 하지 못할 정도로 엄마가 어려웠던 건 아닙니다. 다만, 어린 저도 알게 모르게 느낀 것 같습니다. 엄마는 아빠에 대해 묻는 걸 싫어할 것 같다고요.

결과는 어땠냐고요? 네. 역시 제 예상대로였어요.

아빠에 대해 묻는 순간, 집안 분위기는 단숨에 차갑게 내려앉았습니다. 다정하던 엄마의 얼굴이 뻣뻣하게 굳고 미소 띤 입술은 굳게 닫혔습니다. 엄마 방에 걸린 그림 속 무서운 아저씨처럼 말이에요.

덜컥 겁이 났어요. 후회가 밀려왔어요. 엄마는 내게 유일한 가족인데. 엄마만으로는 만족하지 못한다고 생각하는 것이 아닐까, 엄마마저 날 떠나가 버리는 게 아닐까 무서워졌습니다.

눈물이 솟아올랐어요. 저도 모르게 울음을 터트렸죠. 그리고 엄마의 옷소매를 붙들고 사과했습니다.

미안하다고요.

엄마는 아무 말 없이 절 꼭 안아줬습니다.

전 엄마 가슴에 얼굴을 묻었어요. 옷에서 나는 바스락거리는 소리가 귓가를 간질거렸습니다. 숨을 들이쉴 때마다 엄마에게서 풍기는 은은한 분내와 향내가 콧속으로 들어왔습니다. 제 귀에 두근대는 엄마의 심장 소리가 들렸어요. 등을 토닥여주는 엄마의 손길이, 리듬이 제 불안한 마음을 편안하게 해줬습니다.

엄마 품이 워낙 포근해 이대로 영원히 시간이 멈췄으면 좋겠다고 생각했어요.

그리고 마음먹었습니다. 다시는 엄마 앞에서 아빠라는 단어를 꺼내지 않겠다고요.

전 그때 했던 다짐을 아직 지키고 있답니다.

이제는 5학년이 된 만큼 아빠가 어떤 사람인지 알고 있습니다. 아주 못되고 나쁜 사람이란 걸요.

엄마가 나를 임신했을 때 아빠는 엄마를 버리고 멀리 도망쳤다고 합니다. 엄마는 아빠를 찾으려 무거운 몸을 이끌고 이곳저곳을 헤맸지만 결국 숨어버린 아빠를 찾을 수 없었대요. 절망한 엄마는 뱃속의 나와 함께 죽으려고 마음먹었다고도 했습니다.

어떻게 알았냐고요? 제가 직접 들었거든요. 궁금하시다니 말씀드릴게요. 단, 엄마에겐 절대 절대 비밀이랍니다.

음…… 초등학교 2학년 때였을까요.

막 봄에서 여름으로 넘어가던, 서서히 밤바람에 눅눅한 물기가 묻어나던 시기였을 겁니다.

눈꺼풀이 스르르 감기려는 걸 억지로 버티고 텔레비전을 보던 늦은 밤이었습니다. 딱히 재미있어서 그런 건 아니었어요. 그냥 조금 더 엄마와 함께 있고 싶어서였습니다.

터져 나오는 하품을 참으려 안간힘을 쓰던 그때, 갑자기 초인종이 울렸어요. 우리 집에 찾아올 사람은 아무도 없었는데 말이죠. 고개를 갸웃거린 엄마가 현관문 앞에 서니 문밖에서 '나다'라는 할머니의 목소리가 들렸습니다. 물론 전 처음 듣는 목소리였어요. 엄마는 그대로 잠시 멈췄다가 천천히 현관문을 열었습니다. 하얀색 한복을 곱게 차려입은 낯선 할머니가 거실에 있던 제게도 또렷이 보였습니다.

하얗게 센 쪽 찐 머리에 깊이 파인 주름, 굳은 표정으로 차가운 눈빛을 빛내는 할머니가 한없이 무서워 보였어요.

엄마는 아무 말 없이 할머니를 집 안으로 들였습니다. 그러고 나서 제게 자야 할 시간이라며 방으로 들어가라고 했습니다. 전 바로 자리에서 일어났어요. 말대꾸를 할 분위기가 아니었거든요.

조금 뒤 방 안으로 말소리가 새어 들어왔어요.

엄마는 내가 잠을 자는 줄 알았겠지만 전 자고 있지 않았습니다. 그저 눈을 감고 들리는 이야기에 귀 기울였습니다. 나쁜 일을 하는 것 같아 가슴이 두근거렸지만 잠이 오지 않는데 억지로 잘 수는 없는 거잖아요. 그래서 어쩔 수 없이 모두 듣고야 말았습니다.

할머니는 엄마가 고생하는 게 아빠 때문이라고 했습니다. 뒤이어 엄마가 코를 훌쩍이는 소리가 들렸습니다. 변변치 못한 놈에게 눈이 뒤집힌 건 너라고, 그런 놈을 만나 인생이 고달파졌으니 모두 네 업보라고 했습니다. 할머니의 말이 잘 이해되지 않았지만 가슴이 답답하고 막 화가 났어요. 변변치 못한 놈은 아빠를 말하는 게 분명했으니까요. 그 순간 제 마음속에서 아빠는 이 세상에서 가장 나쁜 사람이 되었습니다. 아빠 때문에 엄마가 슬퍼하는 건 어린 저도 충분히 이해할 수 있었어요.

엄마가 불쌍했어요. 아빠가 싫었습니다. 아빠 같은 사람도 싫었어요. 어두컴컴한 방 안에 누워 아빠를 향한 저주의 말들을 되뇌었습니다. 지금도 잠들기 전 아빠에게 저주 기도를 올리곤 한답니다. 어디에 있든 엄마를 힘들게 만든 벌은 꼭 받아야 하니까요.

아, 잠시 옆길로 새버렸어요. 이럴 때 엄마는 삼천포로 빠진다고 말씀하시던데⋯⋯ 훗.

그날 밤 이야기를 조금 더 할게요.

낯선 할머니는 엄마에게 이런 말을 했습니다. 네 딸, 그러니까 제게 주어진 팔자를 거스를 수는 없다고요. 팔자를 거스를 경우 누구도 고칠 수 없는 병에 시달리게 될 거라고 말했습니다. 할머니의 목소리가 어찌나 무섭던지 심장이 콩닥콩닥 뛰었어요. 엄마는 지지 않고 절대 그런 일은 없을 거라며 소리쳤습니다. 그리고 곧바로 할머니를 거실에서 내쫓았습니다.

그렇게 크게 화를 내는 엄마는 처음 봤어요. 전 너무 무서워서 이불을 뒤집어쓰고 귀를 막은 채 덜덜 떨었습니다. 창피하지만 하마터면 오줌을 쌀 뻔했어요.

그 이후부터 엄마가 절 두고 집을 비우는 날이 늘었어요.

그전에도 종종 지방 출장을 가셨지만 그날 이후 부쩍 빈도가 잦아졌습니다. 일에 중독된, 아니 일에 미친 것 같이 보였어요.

돈은 내가 벌 테니까 일을 그만두면 안 되냐고 물었더니 무서운 표정으로 이렇게 말했습니다.

그런 말은 절대 하지 말라고요. 그런 생각조차 머릿속에 담아두지 말라고 했습니다.

엄마는 며칠씩 집을 비울 때면 식탁 위에 만 원짜리 지폐 몇 장을 두고 사라졌습니다. 그 돈으로 좋아하는 아이스크림을 사 먹기도 하고, 끼니는 편의점 도시락으로 때웠습니다. 돈은 아껴서 사용해야 했어요. 엄마가 돌아오기 전에 돈을 다 써버리면 꼼짝없이 굶어야 했거든요.

혼자 있기 무섭진 않았냐고요? 솔직히 하나도 무섭지 않았다면 거짓말이겠죠. 해가 지고 어둠이 내려앉으면 공포가 몰려왔습니다.

참을 수 없는, 피할 수 없는 공포가요.

5학년이나 되면서 아직도 캄캄한 밤이 무섭냐고요? 네. 지금도 무서워요. 아마 앞으로도 계속 무서울 것 같습니다. 그건 제 마음대로 되는 게 아니더라고요.

참! 친구 얘기를 하고 있었죠.

엄마가 제 유일한 친구인 이유를 이제는 아시겠어요? 아직 모른다고요? 흠, 생각보다 머리가 나쁘시군요.

저를 제일 잘 알고 모든 걸 이해해주는 사람이 오직 엄마뿐이기 때문이에요. 다른 엄마도 마찬가지라고요? 네. 맞아요. 하지만 다른 엄마와 우리 엄마가 같을 수 없듯, 저도 다른 아이와는 많이 달라요.

외모나 성격의 차이를 말 하는 건 아니에요.

궁금하세요? 알았어요. 하지만 놀라지는 마세요.

사실 저⋯⋯.

저.주.받았어요.

킥킥킥킥킥킥킥킥.

✳

"어제 민석이가 사고를 당했다는구나."

어수선하던 교실이 찬물을 끼얹은 듯 조용해졌다. 등골에서 시작된 찌르르한 전기가 순식간에 온몸으로 퍼져 나갔다.

선생님이 교탁 끝을 붙잡고 담담하게 말을 이었다.

"학교를 나와서 바로 왼쪽에 있는 육교 알지? 그 육교 계단에서 넘어졌다는데, 너희들도 계단을 오르내릴 때는 절대 방심하지 말고, 길 건널 때도 꼭 좌우 잘 살피고 건너야 한다. 알았지?"

조회를 시작하는 담임 선생님의 말에 깜짝 놀라 고개를 돌려 은기를 바라봤다. 은기 역시 굳은 얼굴로 내 시선을 마주했다. 안 그래도 등교 이후 민석의 빈자리가 내내 신경 쓰였다. 그저 늦겠거니, 늦잠을 잤겠거니, 자꾸만 밀려드는 불길한 생각들을 애써 떨쳐냈었다.

그런데 갑작스러운 사고라니. 머릿속이 뒤엉켜 혼란스러

웠다.

마주 보던 은기가 시선을 돌리며 오른손을 번쩍 들었다.

"선생님, 민석이는 괜찮나요? 많이 다쳤어요?"

선생님은 어깨를 으쓱 올리고 말했다.

"계단을 구르면서 오른쪽 다리가 골절됐다는구나. 접합 수술은 잘 마쳤고 후유증이 없는지 살펴보려고 센텀 병원에 며칠간 입원 예정이란다."

나도 모르게 참았던 숨을 내쉬었다.

크게 다치진 않았구나. 다행이다.

반 아이들도 나와 같은 마음인지 여기저기서 안도의 한숨이 새어 나왔다. 바로 그때였다. 킥킥 하고 웃음을 참는 소리가 들려 순간 나는 두 귀를 의심했다.

고개를 좌우로 두리번거리는데 뒷자리의 은기가 내 등을 두드렸다. 의아한 표정의 나를 본 은기가 왼쪽 어깨 뒤로 턱짓했다. 나는 은기가 가리키는 창가 자리로 고개를 쭈욱 내밀고 나서야 조금 전 웃음소리가 잘못 들은 것이 아니었음을 깨달았다.

창가 맨 뒤, 사고로 비어버린 민석의 바로 옆자리.

책상에 엎드려 얼굴을 파묻고 있는 녀석의 등이 작게 오르내렸다. 남몰래 우는 것이 아니리라. 슬쩍 고개를 드는 녀석의 입가에는 천진난만한 미소가 떠올라 있었다.

또다시 감전된 듯한 소름이 온몸을 훑었다.

그러나 처음 느꼈던 놀라움과는 전혀 다른 종류의, 참을 수 없는 분노 때문에 발생한 소름이었다.

뭐가 그리 우스운지 손으로 입을 틀어막고 참는 녀석을 바라볼 수밖에 없었다.

"웃어. 웃고 있다고."

입을 달싹거려 뒷자리 은기만 들릴 정도로 작게 말했다.

"그래. 나도 봤어."

담담한 은기의 목소리. 뒤이어 한 마디를 덧붙였다.

"이걸로 꼬마 녀석의 두 번째 예언이 맞아떨어졌어……."

얼굴로 몰린 피가 한순간에 빠져나가는 듯했다. 나는 꿀 먹은 벙어리가 되어 더 이상 아무 말도 할 수 없었다.

어느새 내 시선을 알아차렸는지 녀석은 나를 보고 한쪽 눈을 찡긋거렸다.

힘껏 쥔 주먹이 부르르 떨렸다.

5학년에도 은기와 같은 반이 됐다.

전생에 연인이었을까? 질기다면 어지간히도 질긴 인연이었다.

녀석과 함께 만든 소년 탐정단은 유지됐지만 아무래도 전처럼 활발한 활동을 이어갈 수는 없었다. 명탐정 코난을 보며 키득거리고, 사건을 해결하겠다며 동네방네를 들쑤시기에는 나름 철이 들었기 때문이다. 물론 여전히 코난에 빙의된 은기 녀석은 예외였다.

사실은 그보다 중학교 입학 전, 초등학교 5, 6학년의 중요성을 귀가 따갑게 쏘아대는 엄마의 잔소리가 더 크게 작용했다고 말하는 게 맞을지도 모르겠다. 도끼눈을 뜨는 엄마 때문에 은기와 만나는 시간이 줄어든 것이 사실이다.

어찌 됐든 똑같이 놀았음에도 은기와 나는 점점 성적 차가 벌어졌다. 탐정 놀이는 이쯤에서 접고 이번 5학년은 열심히 공부하리라 마음먹었다.

하지만 내 결심은 그리 오래가지 못했다.

아니, 의도와는 달리 오래갈 수가 없었다.

꼬마.

녀석이 전학 왔기 때문이다.

꼬마의 첫인상이 아직도 또렷하다.

작은 키를 더 작게 보이게 만드는 구부정한 등, 짧은 숏컷에 커튼 친 듯 눈을 전부 가리는 앞머리, 목깃이 누렇게 물들어 언제 빨았는지 모르게 온통 주름진 셔츠, 시종일관 땅에 처박힌 시선과 비웃는 듯한 입가의 미소…….

선생님과 함께 들어온 낯선 아이가 내 시선을 잡아끌었다.

"자, 주목. 우리 반으로 온 전학생이다."

선생님의 말에 교실의 웅성거림이 멈췄다. 곧이어 아이들의 시선이 일제히 정면으로 향했다.

"자기소개 해야지."

선생님의 채근에 전학생은 어렵게 입을 뗐다.

"아…… 안, 녕."

조개처럼 꽉 다문 입은 더 이상 열리지 않았다. 녀석의 자기소개는 그걸로 끝이었다. 당황한 선생님은 서둘러 녀석을 창가 끝 빈자리로 들여보냈다. 녀석은 가방끈을 꽉 쥐고 도망치듯 교실을 가로질렀다. 내 옆을 스치는 녀석에게서 이제껏 맡아본 적 없는 탄내가 풍겼다.

새 학기가 시작되고 얼마 되지 않은 5월.

어떤 이유로 우리 학교에 전학을 왔는지 아무도 알 수 없었다.

다만 툭 치면 부러질 것 같은 왜소한 체격에 작은 키, 뭔가 음침한 분위기를 풍기는 녀석을 우리는 이름 대신 꼬마라고 불렀다.

녀석은 자기가 꼬마라고 불려도 그다지 신경 쓰지 않는 듯했다. 전학 초만 하더라도 꼬마는 우리 반의 유령 같은 존재였다.

창가 구석에 앉은 녀석을 신경 쓰는 아이는 아무도 없었거니와 설령 녀석이 없더라도 아무도 그 부재를 눈치채지 못할 정도로 존재감이 없는 아이였다.

하지만 꼬마에 대한 무관심은 그리 오래가지 않았다.

"꼬마 말이야. 엄마랑 단둘이 산대."

수업과 수업 사이 10분간의 짧은 쉬는 시간.

옆 분단 찬호의 목소리가 와자지껄한 소음을 뚫고 들려왔다.

"그게 뭐 어때서. 우리 반에 한부모 자녀가 꼬마 하나는 아니잖아."

졸음을 못 이겨 책상에 엎드린 내게까지 그다지 관심 없는 이야기가 들려오니 조금 짜증이 났다. 이대로 무시하고 잠을 청할지, 찬호와 제설에게 꺼지라 말할지 고민하는 사이 생각지도 못한 이야기가 귀에 꽂혔다.

"그렇지. 근데 말이야, 무당 엄마를 둔 학생은 우리 반에 몇이나 될까. 아니, 아니지. 전교를 통틀어 꼬마가 유일하지 않겠냐?"

순간 졸음이 싹 가셨다. 나는 엎드린 채로 녀석들의 이야기에 귀 기울였다.

"뭐? 대박. 진짜야? 막 망나니 칼 들고 춤추고, 볏짚 인형에 못질해서 저주하고 그러는 무당? 진심?"

찬호가 실소를 터트렸다.

"아씨, 죽인다. 이 새끼 '심야괴담회'를 너무 봤네."

"어쨌든 부적 쓰고 굿하는 무당이란 말이잖냐."

"맞아. 그리고 이건 비밀인데……."

"뭐? 뭔데? 엄마 무당을 따라서 꼬마도 귀신이라도 본대?"

"어? 그걸 어떻게 알았냐? 자리는 네가 펴야겠는데?"

"졸라 소름 끼치네."

가만히 듣고 있던 내 뒷목에 오소소 소름이 돋았다.

설마…….

"뻥이요. 이건 뻥이요."

"아우, 씨……. 진짜 죽인다. 미친놈아."

뭐가 그리 신났는지 두 놈이 숨을 헐떡이며 키득거렸다.

닭살처럼 돋았던 소름이 고스란히 도로 들어갔다. 나도 모르게 주먹을 불끈 쥐고 있었다. 당장 벌떡 일어나 웃어젖히는 찬호의 뒤통수를 갈겨버릴까 심각하게 고민했다.

"하지만 꼬마 엄마가 무당이라는 건 레알 팩트! 그리고 이건 너한테만 하는 말인데……."

잠시 뜸을 들인 찬호가 목소리를 낮춰 말을 이었다. "믿을 만한 소식통에 의하면 그것 때문에 전 학교에서 엄청 괴롭힘을 당했다나 봐."

하아, 다 들린다 이것들아.

"하긴 꼬마의 음침함이 한도 초과긴 하지."

"그래. 귀신에 빙의됐다고 해도 모자라지 않을 다크소울 아니냐. 난 걔만 보면 괜스레 등골이 서늘해진다니까. 어쨌든 전에 다니던 학교에서 처맞다가 더 이상 버티지 못하고 우리 학교로 전학 왔나 보더라고."

"기분 나빠. 이제 꼬마 주변엔 얼씬도 말아야지."

"뭐, 난 별로 그런 건 신경 쓰지 않는 강심장이다만."

"야야, 너 지금 이마에 식은땀이 흥건한데?"

"까고 있네. 어쨌든 다른 데 소문 퍼트리지 말고 너만 알고 있으라고."

"오케이, 걱정 붙들어 매셔. 입에 자물쇠 채우마."

미친…….

나도 모르게 욕설이 튀어나올 뻔했다. 전부 다 들린다고, 멍청이들아.

의자가 바닥에 끌리는 소리에 이어 키득대던 두 녀석의 웃음소리가 완전히 사라진 뒤에야 묻었던 고개를 들었다. 화장실이라도 갔는지 신나게 떠들던 두 녀석은 교실에 없었다.

"너도 들었냐?"

그 순간 갑자기 왼쪽 귓가로 훅 들어온 목소리에 깜짝 놀랐다. 자동 반사로 고개를 홱 돌리자 은기가 얼굴을 들이대고 있었다.

"아우 깜짝이야." 나는 왼쪽 가슴에 손을 얹고 따져 물었다. "미, 미쳤어? 심장 떨어지는 줄 알았네. 갑자기 왜 귓속 말을 하고 난리야."

은기는 주변을 두리번거리며 목소리를 한껏 낮춘 채 다시 속삭였다.

"아까 찬호와 제설이처럼 보이고 싶진 않았거든." 은기는 주변을 한 번 더 둘러봤다. "안 자고 있었지? 찬호 말에 엎드린 네 어깨가 움찔거리던데, 너도 들은 거 맞지?"

역시, 놈들 주변에 앉아 있던 아이들은 전부 들었으리라.

나는 작게 고개를 끄덕였다. 그리고 천천히 시선을 창가 뒷자리로 옮겼다. 쉬는 시간인데도 홀로 책상에 앉은 꼬마는 멍하니 창밖을 바라보고 있었다. 교실 뒤에서 왁자지껄하게 뛰어노는 아이들과 같은 공간이었음에도 꼬마 주위의 공기는 전혀 달랐다.

"안 그래도 우진 패거리가 슬슬 꼬마한테 트집을 잡고 있어. 그놈들이야 만만한 상대라면 아무나 붙잡고 괴롭히는 악질이지만, 꼬마 소문이 그놈들 귀에 들어가면 우리 학교에서도 결코 순탄치는 않을 거야."

은기의 말에 나도 모르게 마른침을 삼켰다.

2학년 때 같은 반 아이들에게 괴롭힘을 당했던 기억이 머릿속을 스쳐 갔다. 그땐 은기의 도움으로 왕따에서 벗어날 수 있었지만 여전히 교실은 힘의 논리에 지배되고 있었다.

5학년이 된 지금도 여전히.

*

저주받았다는 말이 무슨 뜻이냐고요?

별다른 뜻은 없어요.

말 그대로예요. 저.주.받았다고요.

설명이 필요한 표정이네요. 알았어요. 좀 더 자세히 말씀 드릴게요.

언제부터였는지는 모르겠어요. 기억이 남아 있는 그때부터 이미 전 남들과 달랐던 것 같아요.

아, 사람은 모두 다르다고요. 물론 그렇죠. 근데 제가 다르다는 건 말씀하신 다름과는 전혀 다르답니다.

어떻게 다르냐면 남들은 볼 수 없는 게 제 눈에 보인달까요. 뭐랄까? 알기 쉽게 표현하자면, 음…… 흐릿한 사람들이 랄까요. 그 왜 있잖아요. 실체 없이 연기처럼 일렁거리고 뒤가 훤히 비치는 흐릿한 사람이요. 무슨 말인지 이해되시나요?

분명 존재하고 제게는 또렷이 보이는데 다른 사람은 전혀 보지 못했어요. 아무래도 흐릿한 사람은 오로지 제 눈에만 보이는 것 같았습니다.

어디서 봤냐고요? 흐릿한 사람은 다른 사람 사이에 섞여 있을 때도 있고 어딘가에 묶인 것처럼 한 장소에서만 보이는 때도 있었어요. 뭐 그다지 위험하거나 하진 않아요. 대부분은 멍하니 서 있거나 홀로 중얼거리며 시간을 보내거든요.

다만 제가 흐릿한 사람을 보고 있다는 걸 흐릿한 사람이 인지하는 순간에는 조금 달라진답니다.

제게 말을 걸거나 간혹 붙박인 있던 장소를 떠나 절 따라오기도 했습니다.

아아, 제 집까지 막 따라오고 그런 건 아니에요. 어째서인지 흐릿한 사람은 우리 집 대문 안으로는 한 발자국도 들어오지 못했어요. 그런 경우에는 한동안 대문 밖을 서성이다 홀연히 사라져 버렸습니다.

아, 제게 어떤 말을 했냐고요? 그건 흐릿한 사람마다 달라요. 집에 있는 어린 아들에게 밥을 차려줘야 한다는 아줌마도 있었고 마지막 집에 택배를 배달해야 퇴근할 수 있다는 아저씨도 있었고요.

그런 사람은 자신의 상태를 자각하지 못하는 것 같았습니다. 저를 볼 때마다 했던 말을 계속 반복하기만 했거든요.

더러는 제게 끔찍한 말을 쏟아내며 화를 내는 사람도 있었습니다. 심한 욕설을 하고 누군가를 해치겠다는 말을 되뇌었어요. 그런 사람은 다른 흐릿한 사람과는 달랐어요. 몸 곳곳에서 불길한 검은 오라를 뿜어냈습니다.

네. 정말로 불길했어요. 가까이 다가가기 싫을 정도로요. 왜 그렇게 느꼈냐고요? 그럼 얼마 전 집 근처 골목길에서 본 검은 아저씨 이야기를 해드릴게요.

그날 전 9시가 다 되어서야 학교에 가려고 집을 나섰어요.

엄마가 출장 가느라 집을 비운 사이 늦잠을 자버렸거든요. 그래서 헐레벌떡 옷을 주워 입고 가방을 둘러메고 뛰어나왔습니다.

초여름이라 그런지 날씨가 후덥지근하고 공기 자체가 끈적거리는 느낌이었습니다. 오늘도 무지 덥겠구나 생각하며 발걸음을 재촉했죠.

우리 집을 끼고 오른쪽으로 두 번을 꺾으면 약 백 미터가량의 폭이 좁은 골목길이 나옵니다. 그 골목길이 학교로 가는 최단 코스라 등굣길엔 종종 다니곤 했어요.

하굣길에는 골목길로 가지 않고 큰길로 빙 둘러 와요. 대낮인데도 주택 뒤로 나 있는 골목에는 해가 전혀 들지 않아 어둡고 음침했습니다. 엄마는 위험하다며 그 골목으로는 절대 다니지 말라고 신신당부했어요. 하지만 그날 아침에는 지각이라 급한 마음에 엄마 말을 어길 수밖에 없었어요.

땅바닥에 시선을 고정한 채 골목을 달렸습니다. 금세 이마에 땀이 흥건해졌습니다. 그러다 문득 어떤 시선이 느껴져 고개를 들었어요.

맞아요. 저만 알고 느낄 수 있는 그 시선……

골목 어귀였습니다. 검은 기운을 풍기는 아저씨가 음흉한 눈으로 저를 노려보고 있더군요. 며칠 전만 해도 아무것도 없었는데……. 언제 이 골목에 자리를 잡은 걸까요. 아저씨는 입술을 달싹이며 상스러운 욕설을 연신 중얼거리고 있었습니다. 그 욕설을 듣고 있자니 기분이 몹시 나빠졌어요. 전 검은 아저씨를 피해 빨리 지나치려 했죠. 그런데 검은 아저씨는 절 노려본 게 아니더군요. 때마침 옆집 아줌마가 제 옆을 빠르게 스쳐 지나가는 게 아니겠어요? 그것도 검은 아저씨가 서 있는 바로 그 방향으로요. 검은 아저씨는 자기 쪽으로 다가오는 옆집 아줌마를 보며 비릿한 웃음을 지어 보였어요.

그 웃음에 정신이 번쩍 들었습니다. 머릿속에서 사이렌 소리가 들리는 것 같았어요.

저는 허겁지겁 손을 뻗어 아줌마를 붙잡으려 했어요. 하지만 제 손은 허공을 갈랐습니다. 한발 늦어버린 거예요. 검은 아저씨는 이미 옆집 아줌마 등 뒤에 매달린 뒤였어요.

머릿속으로 불길한 생각이 밀려왔습니다. 하지만 어쩔 수 없었어요. 저 같은 꼬마가 뭘 어쩌겠어요. 그저 멀어져 가는 아줌마를 안타깝게 보고 있는데 검은 아저씨가 고개를 180도 빙그르르 돌려 저를 바라봤습니다.

한쪽 입꼬리가 귀밑까지 찢어지도록 씩 웃고 있었어요.

그 기괴한 미소, 차가운 눈빛에 놀라 하마터면 비명을 지를 뻔했어요. 전 제 손으로 입을 틀어막고 터져 나오려는 비명을 억지로 삼켰습니다.

그날 내내 기분이 좋지 않았어요. 옆집 아줌마는 때때로 너무 많이 만들었다며 빈대떡도 가져다주고, 카레나 김치 같은 맛있는 반찬도 주곤 했어요. 전 그런 아줌마를 엄마 다음으로 좋아했습니다.

그 뒤로 아줌마한테 어떤 일이 일어났냐고요?

네. 일어났어요. 바로 그날 저녁에…….

옆집에 강도가 들었어요. 그냥 강도한테 돈만 빼앗기고 끝났다면 다행이었겠죠. 아줌마가 강도가 휘두른 칼에 찔려 크게 다쳤다는 소식을 엄마에게 들었습니다.

집 밖으로 어둠을 밝히던 경광등 불빛, 신경을 자극하는 사이렌 소리가 아직도 귓가에 선하답니다.

엄마에게 말하진 않았지만, 옆집 아줌마가 당한 불행한 사고에 검은 아저씨가 연관되었다는 생각이 들었어요. 아니, 생각이 아니라 검은 아저씨 짓이 틀림없어요. 어떻게 그렇게 할 수 있었는지는 모르겠지만요.

그날 아침 검은 아저씨가 아줌마를 해치려던 그 마음은 지금도 생생하게 떠올릴 수 있습니다.

아줌마에게 경고할 시간이 있었다고요? 아뇨. 아줌마에게 얘기할 수는 없었어요. 제 말을 믿어주지 않았을 테니까요.

5학년이 된 이제는 알아요. 흐릿한 사람들이 뭔지를요.

제가 들려드린 이야기에서 눈치채셨겠죠?

제가 보는 흐릿한 사람은 사실 사람들이 말하는 귀신 혹은 악귀라 부르는 존재라는 걸요.

왜 그렇게 보세요?

지금 제가 미쳤다고 생각하시는 건가요?

뭐, 상관없어요. 정말로 제가 미친 건지도 모르죠.

아니면 저주를 받았거나······.

제 눈에만 보이는 흐릿한 사람 때문에 제 머리도 조금씩 이상해지는 것 같습니다.

맞아요. 이건 저주에요.

다른 사람은 절대로 알 수 없는,

오직 나만의 저주요.

*

한 치의 빗나감 없이 예상했던 그대로 꼬마의 소문은 삽시간에 교내 전체로 퍼져 나갔다.

그 좋은 미끼를 우진 패거리가 놓칠 리 없었다. 미끼를 집어삼킨 우진의 집요한 괴롭힘이 시작됐다. 폭력의 강도는 나날이 강해졌다. 불행하게도 반 아이들은 점차 폭력에 무감각해졌다.

꼬마는 아무런 저항도 하지 않았다. 아니, 모두가 외면하는 상황에서 꼬마 혼자 도저히 맞설 수 없었으리라.

말없이 당하기만 하던 꼬마가 처음으로 자신의 목소리를 낸 건 지금으로부터 2주 전이었다.

"야, 내가 학교에서 데이터 *끄*지 말랬지. 넌 테더링 범위 안에서 내가 거슬리지 않게 그림자처럼 따라다니란 말이야."

"미, 미안해. 이번 달 데이터가 떨어져서 차단됐나 봐. 나도 몰랐어."

"그건 네 사정이고 새끼야!"

점심시간이 끝날 무렵, 우진의 성난 목소리에 이어 공기를 찢는 날카로운 파열음이 작열했다.

떠들썩한 교실에 한순간 정적이 내려앉았다가 언제 그랬냐는 듯 소음을 되찾았다. 교실 안 어느 아이도 소리가 난 교실 뒤편으로 고개를 돌리지 않았다. 아무 일도, 아무것도 듣지 못했다는 의식적 외면. 말려들고 싶지 않다. 모두가 우진 패거리의 제물은 꼬마 하나로 족하다고 생각했다.

비겁하지만 나 역시 마찬가지였다. 우진 패거리의 눈 밖에 나는 순간 정상적인 학교생활은 종료를 고해야 하기 때문이다. 그럼에도 나는 꼬마 쪽을 슬쩍 곁눈질했다.

여전히 쏟아붓는 우진, 옆에서 키득거리는 우진의 수족들, 그리고 한쪽 뺨을 감싼 채 우두커니 서 있는 꼬마.

꼬마의 어깨가 얕게 떨렸다. 얼굴을 감싸던 손을 내리자 붉게 부풀어 오른 뺨이 보였다. 그리고 그 뺨 위를 타고 흐르는 눈물…….

심장이 쿵 하고 떨어지는 것 같은 통증이 밀려왔다. 주먹을 불끈 쥐었지만 그게 다였다. 나 같은 겁쟁이가 뭘 어쩔 수 있겠는가. 뒷자리 은기도 나와 같은 마음이리라. 불편한 마음에 더 이상 앉아 있기가 힘들었다.

두 귀를 틀어막든지 교실을 뛰쳐나가야겠다고 마음먹은 바로 그때였다.

"이, 이거……. 이거 어디서 났어?"

겁에 질린 목소리는 끝이 이상하게 갈라졌다. 이제껏 처음 들어보는 꼬마의 커다란 목소리에 반 아이 모두가 뒤를 돌아봤다.

꼬마를 괴롭히던 우진 패거리도 꼬마의 갑작스러운 행동에 얼이 나간 표정이었다.

여전히 벌겋게 부은 뺨의 꼬마가 이제 막 교실로 들어온 찬호를 손으로 가리키고 있었다.

"나, 나?"

점심시간 내내 축구를 하다가 땀범벅으로 들어온 찬호는 당황한 표정으로 꼬마와 반 아이들을 둘러봤다. 한꺼번에 쏠린 시선에 적잖이 당황한 듯했다. 그리고 심하게 떨리는 꼬마의 손가락 끝이 자신이 들고 있는 낡은 축구공을 가리키고 있다는 걸 깨달았다.

"이 공…… 네 거 아니지?"

순간 잠시 멍하니 있던 찬호가 갑자기 들고 있던 공을 꼬마에게 있는 힘껏 집어 던졌다.

"그, 그래. 교문 근처 화단에서 주웠다. 그게 어때서! 이게 어디서 사람을 도둑놈 취급하는 거야."

찬호는 버럭 소리를 지르며 꼬마에게 달려들었다. 평소 왕따라고 무시하던 꼬마가 자신을 지적하니 더욱 불같이 화를 내는 것 같았다. 찬호에게 멱살을 잡힌 꼬마의 머리가 정신없이 흔들렸다. 꼭 머리 부분이 스프링으로 이어진 차량용 강아지 인형 같았다.

하지만 이날의 히트는 바로 그다음이었다.

어느새 꼬마의 입꼬리가 기묘하게 뒤틀렸다. 솔직히 말하자면 이때 난 꼬마가 계속되는 괴롭힘에 미친 게 아닌가 생각했었다. 비단 나뿐만이 아니라 찬호도 마찬가지였나 보다.

"우, 웃어? 지금 웃는 거야? 하, 하하. 참나……."

멱살을 쥐고 흔들던 찬호의 손이 잠시 멈춘 순간, 뒤로 꺾였던 꼬마의 머리가 한순간 찬호의 얼굴 가까이로 다가갔다.

그리고 여전히 기분 나쁜 웃음을 머금은 꼬마가 나직이 중얼거렸다.

"붙었어. 네가 그 공을 들고 온 순간 그게 너한테 붙어버렸다고……."

꼬마의 의미를 알 수 없는 말이 계속됐다. 참다못한 찬호가 꼬마를 확 밀치며 소리쳤다.

"썅! 뭐가! 도대체 뭐가 붙었다는 건데!"

교실 바닥에 처박힌 꼬마가 찬호를 똑바로 바라보며 말을 이었다.

"나도 잘 몰라. 하지만 이거 하나는 분명해." 꼬마는 찬호를 보며 강하게 눈을 빛냈다. "불행한 일이 널 찾아올 거야. 그러니 당분간 조심해."

찬호는 꿀 먹은 벙어리처럼 서 있었다.

꼬마 주변에 서 있던 우진 패거리와 이를 지켜본 나와 은기, 교실에 있던 반 아이들 모두 꼬마가 내뱉은 말의 의미를 생각했다. 주변의 혼란은 안중에 없다는 듯 말을 마친 꼬마는 바닥에서 일어서 먼지가 묻은 엉덩이를 툭툭 털고 유유히 교실 밖으로 사라졌다.

꼬마가 떠난 빈자리에 때 묻은 축구공이 덩그러니 놓여 있었다.

꼬마의 예상치 못한 폭탄 발언에 교실은 발칵 뒤집혔다.

"야야, 이거 살인 예고 아니야?"

"좀 전에 꼬마 눈 봤어? 흰자위만 있었대."

"귀신에 빙의됐던 게 분명해."

"아우, 무서워. 꼬마 너무 무섭지 않냐?"

"저주야, 저주. 꼬마가 저주를 내린 거라고."

"야, 저 축구공 당장 내다 버려야 되는 거 아니냐?"

"아우, 기분 나빠. 네가 갖다 버려. 난 절대 손 안 댈 거야."

"찬호 괜찮을까? 불행한 일이 뭘까?"

책상에 앉아 있는 찬호의 얼굴이 시간이 지날수록 창백해졌다.

정작 핵폭탄을 터트리고 나간 꼬마는 남은 수업이 모두 끝날 때까지 돌아오지 않았다. 종례 시간에 담임이 별다른 말이 없었던 것을 보면 아무래도 꼬마는 그대로 조퇴한 것 같았다.

"어떻게 생각해?"

"뭘?"

"알잖아. 내가 무슨 말 하는지……."

하굣길에 은기와 나란히 운동장을 가로지르며 꼬마의 말을 어떻게 생각하는지 물어봤다. 은기는 아무 말 없이 생각에 잠긴 얼굴로 흙먼지를 일으키며 걸음을 옮겼다.

"천하의 명탐정도 오컬트는 전문 분야가 아닌가 보지?"

일부러 도발했지만 은기의 표정은 변화가 없었다.

그래, 너도 모르는 것이 있어야 사람이지. 차라리 이게 더 인간적이다.

혼자 납득하며 걷다가 갑자기 멈춰선 은기의 책가방에 가슴을 부딪쳤다.

"아야야, 뭐야. 왜 갑자기 멈춰서?"

막 교문 밖을 나온 은기가 우뚝 선 채 횡단보도 맞은편에 시선을 못 박고 있었다.

"뭔데 그래?"

나는 얼얼한 가슴을 쓰다듬으며 은기의 시선을 따라갔다. 건널목 맞은편에 각종 현수막을 걸 수 있는 게시대가 있었는데 현수막 하나가 눈길을 끌었다.

"목격자를…… 찾습니다?"

"이번에 새로 걸린 건가 봐."

나는 천천히 현수막의 내용을 소리 내 읽었다.

"목격자를 찾습니다. ○월 ○일 오후 다섯 시경 천안 초등학교 앞에서 공놀이를 하던 칠 세 남아를 충격 후 도주한 사고를 목격했거나 가해 차량을 알고 계신 분은 연락 바랍니다." 학교 앞에서 뺑소니 사고를 당한 듯싶었다. CCTV가 찍히지 않는 사각에서 일어난 사고인가? 사고 날짜를 보니 불과 닷새 전이었다. "에휴, 불쌍하다. 그런데 왜? 은기 너 저 사고 장면 목격했어?"

내 물음에 골똘히 생각에 잠긴 은기가 퍼뜩 정신을 차린 얼굴로 얼버무렸다.

"아, 아니······. 그냥 눈에 띄어서. 아무것도 아냐. 가자."

"뭔데 그리 심각해? 말 안 할 거야?"

발걸음을 재촉하는 은기를 따라가며 졸랐지만 은기의 꾹 다문 입은 벌어지지 않았다.

그리고 다음 날.

찬호의 빈자리를 뒤로하고 조회 시간에 선생님이 전한 찬호의 사고 소식에 우리 모두는 입을 떠억 벌리고 경악했다.

아니 단 한 명, 꼬마를 제외하고 말이다.

꼬마의 예언이 적중한 것이다.

학원을 마치고 집에 가는 길에 횡단보도를 건너던 찬호가 달려오는 오토바이에 치였다고 한다. 오토바이는 고통스러워하는 찬호를 그대로 두고 도주했다. 거리를 지나던 행인의 신고로 찬호는 응급실에 실려 갔다.

목격자가 없어 오토바이는 특정하지 못했다. 경찰이 수사 중이지만 도주한 오토바이를 잡기는 힘들 거라는 말이 들린다. 찬호는 다행히 생명에는 지장이 없었다. 다만 갈비뼈에 금이 가 당분간 절대 안정을 취해야 한다는 의사의 소견대로 퇴원한 뒤에도 집에서 휴식 중이다.

솔직히 그 당시만 해도 한순간의 해프닝이라 여겼다.

하지만 꼬마가 전하는 불행의 예언은 여기서 끝이 아니었다.

*

제가 왜 창가 자리만 고집하는지 아세요?

물론 창밖으로 보이는 하늘과 녹음 진 봉서산을 바라보는 걸 좋아하긴 합니다. 근데 그게 전부는 아니에요.

학교에 얼마나 많은 악귀가 득실대는지 아실지 모르겠네요.

교실에, 복도에, 화장실에, 과학실에, 미끄럼틀에, 커다란 플라타너스 나무에…….

지긋지긋한 그것들과 매일같이 눈을 마주치고 싶지 않아요. 혹여 제가 볼 수 있다는 걸 알게 되면 그것들이 제게 달라붙을 테니까요.

어쨌든 그러다 보니 자연스럽게 창밖을 보게 되더군요. 쉬는 시간에도, 점심시간에도, 심지어 수업 시간에도 전 창밖 풍경을 바라보게 됐어요. 아이들은 그런 절 전혀 이해하지 못해요. 솔직히 상관없어요. 그냥 절 가만히 내버려뒀으면 좋겠는데, 전 아무에게도 피해를 준 적이 없는데…….

아, 그날의 일을 얘기해달라고요?

우선 그 며칠 전 이야기를 먼저 해야 할 것 같아요. 괜찮죠?

뭐, 다른 날과 별다를 건 없어요. 제겐 매일매일이 지옥이라서요. 악귀를 피해, 악귀 같은 친구들의 시선을 피해 창밖을 바라봤어요. 평소와 다를 바 없는 풍경에 마음이 안정됐습니다. 그런데 문득 제 시선을 잡아끄는 게 있더군요.

교문 안쪽의 화단이었어요. 입구 부근에 주목이 빽빽이 심겨 있어 항상 그늘진 곳이요. 그 주목 사이에 웬 어린아이 하나가 우두커니 서 있는 거 아니겠어요. 제가 앉은 4층에서도 똑똑히 잘 보일 정도로요.

그래서 우리 학교 학생이 아니라는 걸 바로 알아봤어요. 초등학생보다 좀 더 어린, 유치원에 다닐 것 같은 아이였어요.

갠 운동장을 등진 채 아무것도 없는 벽을 보고 있었어요. 발을 땅바닥에 붙이고 몸을 흔들었어요. 흔들리는 몸 사이로 가슴께에 검은 반점이 찍힌 희끗한 구체가 보였죠.

맞아요. 축구공이었어요. 손에 공을 들고 있던 거예요.

근데 아이를 계속 보고 있자니 뭔가 위화감이 들었어요.

몹시 기분 나쁘면서도 익숙한 느낌.

순간 소년의 머리가 180도 빙그르르 돌아 4층에 있는 제 눈과 딱 마주쳤어요. 원망 가득한, 빛을 잃은 눈동자에 온몸이 감전된 것 같았어요. 전 깜짝 놀라 바로 고개를 돌려버렸어요. 아주 잠깐이었지만 등골이 식은땀으로 흥건했어요.

못 보던 애기령이 화단에 붙은 거예요. 아니, 화단에 떨어진 축구공에 붙었다고 해야겠네요.

원래 영혼은 시간이 지날수록 조금씩 흐릿해져요. 근데 그 애기령은 제가 미처 알아차리지 못할 정도로 영혼의 색채가 선명했어요. 숨이 끊어진 지 얼마 안 되었다는 말이죠.

조금 뒤 급히 지나가는 앰뷸런스가 교문 사이로 보이더군요. 학교 밖의 일이라 그런지 수업에 집중한 반 아이들은 아무도 신경 쓰지 않았어요. 전 학교 밖에서 사고가 났음을 직감했습니다. 그 사고의 희생자가 바로 저 아이라는 것도요. 사고 충격으로 아이가 들고 있던 축구공이 담을 넘어 화단에 떨어졌다는 것도 어렵지 않게 추측할 수 있었어요.

이렇게 학교에 악귀 하나가 추가됐구나 하고 생각했어요. 얼마 살지 못하고 죽은 탓인지 세상에 대한 미련이 모두 원망으로 변한 것 같았어요.

예상하셨겠지만 여쭤보신 그날, 친구가 공을 주워 왔어요.

화단의 축구공이요.

아무것도 모른 채 교실로 들어오는 친구 어깨에 악귀가 된 소년이 단단히 붙어 있었어요.

전 당황스러웠어요.

화도 나고, 겁도 나고, 모른 척해야 한다는 것도 잊은 채 저도 모르게 소리를 질렀던 것 같아요.

하지만 제 경고를 귀담아듣는 사람은 아무도 없었어요.

바보같이 말이죠.

아직도 제가 미래를 보는 것 같나요? 친구에게 저주를 거는 것 같아요?

아직도?

*

오늘 아침.

선생님으로부터 민석의 육교 추락 사고 소식을 들었다.

충격과 공포, 숨을 삼키는 침묵 속에서 남몰래 조소하는 꼬마의 모습은 너무나 대조적이었다. 나는 집단 멘탈 붕괴에 빠지는 반 아이들이 충분히 이해됐다. 민석의 사고에 앞서 이번에도 꼬마의 사고 예고가 있었기 때문이다.

우리 학교에는 다른 학교들과 마찬가지로 학년마다 입에

서 입으로 전해 내려오는 괴담이 몇 가지 있다.

밤마다 이순신, 유관순 동상이 살아나 싸움을 벌인다는 유치찬란한 괴담이 있는가 하면 5학년이 있는 4층 남자 화장실 마지막 세 번째 칸은 아무리 급해도 절대 사용하지 말라는 금기도 전해진다.

학교 폭력을 견디지 못한 학생이 커터칼로 자신의 손목을 그어 자살한 곳이 바로 4층 남자 화장실 세 번째 칸이라는 이야기인데, 실제로 기괴한 일을 겪은 아이가 적지 않다. 문이 닫힌 세 번째 칸 안쪽에서 문을 거칠게 두드리는 소리가 나서 열어보니 안이 텅텅 비어 있더라는 이야기는 아이들 사이에서 유명하다.

실제로 자살한 학생이 있었는지는 모른다. 그저 겁을 주려고 급조한 허무맹랑한 거짓말인지도 모른다. 하지만 괴담이든, 거짓말이든 이 이야기가 꺼림칙한 아이들은 웬만해선 세 번째 칸 근처에도 가지 않았다.

우리 사이에서 암묵적 금기랄까.

그런 금기를 깨버린 녀석이 민석이었다.

그걸 어떻게 알았냐고? 금기를 어긴 민석과 내가 같은 공간에 있었기 때문이다.

민석이 육교 추락 사고를 당하기 바로 전날, 열대야에 시달리다 일어난 나는 냉장고에 있던 수박을 마구 흡입했다.

그 때문인지 1교시부터 배가 뒤틀려 식은땀이 셔츠를 적셨다. 다리를 달달 떨며 시계 분침만 보고 있던 난 마침내 수업이 끝나자마자 교실을 뛰쳐나갔다.

다른 반에도 나만큼 급한 녀석이 있었는지 첫 번째 칸은 이미 사용 중이었다. 생각할 것도 없이 두 번째 칸에 들어가 바지를 내렸다.

'휴우, 아슬아슬하게 세이프!'

그렇게 안도의 숨을 내쉬며 일을 보는 사이, 어디선가 졸졸거리는 물소리가 들려왔다. 뒤이어 급한 발걸음으로 화장실에 뛰어 들어오는 녀석이 있었다.

안절부절못하며 화장실 바닥을 스치는 실내화 소리.

"아우 씨…… 세 번째 칸만 남았잖아."

낮게 중얼대는 익숙한 목소리. 단박에 같은 반 민석임을 눈치챘다.

다른 층 화장실로 갈 만큼의 여유는 없었나 보다. 결국 바로 옆, 세 번째 칸에서 버클을 푸는 인기척이 들렸으니까. 큰일을 치르고 나오니 마침 첫 번째 칸의 녀석도 밖으로 나왔다. 나는 어색한 시선을 보내고 서둘러 손을 씻고 화장실을 나왔다.

교실로 돌아와 다음 수업 준비를 하고 있는데 등 뒤로 꼬마의 노기 어린 목소리가 귓속에 꽂혔다.

"너, 너…… 세 번째 칸에 들어갔어?"

꼬마가 지목한 사람은 막 교실로 들어온 민석이었다.

"무슨 개소리야."

민석은 당황한 표정이 역력했지만 짐짓 모른 체 일갈했다. 하지만 꼬마는 단호했다.

"알잖아. 내가 무슨 말 하는지. 셋째 칸 소년이 네 몸을 휘감고 있다고."

"이 쌍! 재수 없게 뭐라고 지껄이는 거야!"

민석의 목소리가 듣기 싫게 갈라졌다.

"야야, 말려. 얼른 말려."

"얘 갑자기 왜 이러는 거야?"

소리를 지르며 꼬마에게 돌진한 민석이 쓰러진 꼬마를 마구 짓밟았다. 소름 돋는 건 아무런 저항 없이 짓밟히는 꼬마의 시선이 민석의 어깨 뒤에 고정됐다는 점이다.

한바탕 소동 후 수업 종이 울려 민석의 폭력은 일단락됐다. 하지만 내내 한 가지 의문이 가슴 언저리에 남았다.

민석이 세 번째 칸에 들어간 사실을 꼬마는 어떻게 알았을까?

오늘 아침 민석의 추락 사고를 알게 된 이후 이 의문은 더욱 깊어졌다.

찬호에 이어 연이은 사고로 우리 반 분위기는 달라졌다.

민석은 우진의 친위대 중 하나다. 우진의 말 한마디에 어떤 일이든 마다 않는, 소위 말하자면 행동대장이랄까. 그런 민석이 사고를 당하자 이제껏 아무런 내색 않던 우진 역시 적잖은 충격을 받은 듯했다.

찬호의 사고를 우연이라 치부하고 여전히 꼬마를 괴롭히던 우진 패거리도 이제 꼬마의 눈치를 볼 수밖에 없게 되었다. 우진 패거리뿐만이 아니다. 사실 우리 반 모두가 꼬마의 눈치를 보게 됐다는 게 맞는 말인지도 모르겠다.

찬호의 사고 이후 2주가 채 안 되는 동안 민석이 사고로 결석하게 됐다.

두 사고의 내막은 모르겠지만 꼬마가 얽혀 있다.

정말 꼬마의 저주 때문일까?

몸이 부르르 떨렸다.

나도 모르게 근원을 알 수 없는 공포심이 피어올랐다.

"정말로 그렇게 생각해?"

은기가 답답하다는 듯 그네에 앉은 나를 내려봤다.

"왜? 넌 그렇게 생각 안 해?"

학교를 마치고 은기와 함께 운동장 구석에 있는 그네에 걸터앉았다. 나는 화장실 사건을 토대로 꼬마에 대한 생각을 털어놓았다. 은기는 내 말을 듣자 그네에서 벌떡 일어나 내게 쏘아붙였다.

"야, 지금은 이십일 세기야. 호환 마마가 판치는 조선시대가 아니라고." 은기는 잠시 한숨을 쉬고 말을 이었다. "찬호의 오토바이 사고는 우연이었다 치자. 그런데 연이어 민석이의 추락 사고까지 일어났어."

나는 고개를 끄덕였다. 은기가 검지로 안경 중심을 밀어 올리고 의미심장하게 물었다.

"우연이 반복되면 뭐다?"

"뭔데?"

"조작이다."

"조작?"

나도 모르게 은기의 말을 되풀이했다.

"그래. 조작. 이래 봬도 우린 탐정 아니냐. 좀 논리적으로 생각해보자고." 은기가 손으로 앞머리를 쓸어 올리고 설명을 시작하려 할 때였다.

그런데 아무 말이 없었다.

설명을 기다리던 나는 은기의 침묵에 고개를 들었다. 은기는 미간에 주름이 지도록 인상을 쓰고 한 곳을 노려보고 있었다.

"응? 왜 뭔 일 있어?" 의아함에 은기의 시선을 따라 고개를 돌렸다. "어…… 저, 저거 꼬마 아냐?"

멀리 운동장 끝 수돗가로 걸어가는 꼬마가 보였다. 까만 비닐봉지를 들고 주변을 살피며 걸어가는 꼬마는 맞은편 그네에 앉아 있는 우리를 미처 보지 못한 듯했다.

"학교 뒤편으로 가는 거 같은데, 하교 시간도 한참 지났고. 저렇게 두리번거리면서 뭘 하러 가는 거야?"

"그러게. 좀 수상쩍은데?"

그사이 꼬마는 수돗가를 지나 학교 뒤편으로 통하는 좁은 골목으로 사라졌다. 우리는 조용히 눈을 마주치고 고개를 끄덕였다. 그리고 누가 먼저랄 것도 없이 꼬마가 사라진 수돗가 쪽으로 달려갔다. 우리는 코너를 돌기에 앞서 숨을 고른 뒤 벽에 등을 붙이고 고개를 빼꼼히 내밀었다.

안팎을 경계 짓는 외벽을 등지고 쪼그려 앉은 꼬마가 보였다. 꼬마의 발 옆에는 들고 온 비닐봉지가 놓여 있었다.

나는 목소리를 최대한 낮춰 말했다.

"쟤 뭐 하는 거냐?"

은기가 검지를 자신의 입술 위에 붙여 보였다. 일단 지켜보자는 말이렷다. 동의한다는 뜻으로 고개를 끄덕였다. 나는 침을 꿀꺽 삼키고 꼬마의 행동을 지켜봤다.

가만히 보니 꼬마의 오른쪽 어깨가 오르내렸다.

"히히힛. 오래 기다렸지?"

나지막이 들리는 꼬마의 목소리. 그때 은기가 내 옆구리를 찌르며 귓가에 속삭였다.

"고등어. 고등어."

"아⋯⋯."

은기의 말대로 쪼그려 앉은 꼬마의 발 사이로 갈색 털북숭이가 살짝 보였다. 등 부분에 검정 줄무늬가 물결치듯 박힌 모습이 꼭 고등어처럼 보여 고등어라 불리는 고양이였다. 처음에는 길고양이로 거리를 배회했으나 학교 아이들이 먹을 것을 가져다주면서 아예 학교에 정착했다. 아이들의 사랑을 한 몸에 받는 인기 고양이랄까.

이제야 꼬마의 오른쪽 어깨가 오르내리는 이유를 깨달았다. 꼬마와 고등어는 꽤 친한지 고등어가 기분 좋을 때 내는 '갸르릉' 소리가 이곳까지 들리는 것 같았다.

고등어를 만나려고 집에 가지 않고 혼자 이곳에 왔나? 어른들이 동물을 좋아하는 사람치고 나쁜 사람은 없다던데 내가 그동안 꼬마를 오해했던 건 아닌가 하는 생각이 들었다.

한참 동안 고등어를 쓰다듬던 꼬마가 이제야 생각났다는 듯 옆에 놓인 비닐봉지로 손을 뻗었다. 봉투 속을 뒤적이던 손에는 노란색 참치캔이 들려 있었다. 꼬마가 참치캔 뚜껑을 따자 엎드려 있던 고등어가 벌떡 일어섰다.

"아아, 배고프구나. 조금만 기다려봐."

그때 꼬마가 고개를 뒤로 돌리는 바람에 나와 은기는 잽싸게 담벼락 뒤로 숨었다.

"와, 대박. 심장 떨어지는 줄. 우리 못 봤겠지?"

"아슬아슬했지만 우리가 더 빨랐던 거 같아."

등으로 차가운 담장의 냉기를 느끼며 쿵쾅거리는 심장을 부여잡았다. 이런 게 미행 수사의 스릴인가. 우리는 잠시 시간을 두고 조심스럽게 고개를 다시 내밀었다.

꼬마는 왼손에 참치캔을 든 채 오른손을 검정 비닐봉지 속에 넣고 있었다. 그리고 천천히 오른손을 빼는데. 비닐봉지 밖으로 나온 것은 대용량 캔 음료 크기의 하얀색 플라스틱 통이었다. 꼬마가 조심스럽게 플라스틱 통의 뚜껑을 돌리는 순간, 손가락 사이로 통에 쓰인 붉은 글씨가 나의 눈에 강렬하게 박혔다.

'금. 쥐. 구. 역.'

"이런 미친…… 흡!"

나도 모르게 육성으로 튀어나온 욕설을 은기가 다급히 손바닥으로 틀어막았다. 내 입을 막은 은기의 얼굴이 온통 뒤틀려 있었다.

땀이 곰팡이처럼 목에서 팔로, 팔에서 손으로 퍼져나갔다. 피가 머리와 얼굴로 쏠려 관자놀이에서 펄떡이는 맥박이 느껴졌다.

꼬마는 쥐약 통에서 꺼낸 파란색 약을 참치에 넣고 섞기 시작했다. 그와 함께 들리는 꼬마의 콧노래 소리에 나는 내 두 귀를 의심해야 했다.

정신이 아찔해졌다.

미쳤어. 제정신이 아냐…… 완전 미쳐버렸다고.

꼬마가 쥐약이 섞인 참치캔을 고등어 앞에 내려놓았다. 고등어는 기다렸다는 듯 참치캔으로 코를 들이밀었다.

"안 돼. 안 돼."

이빨이 맞부딪쳐 딱딱 소리가 났다. 나는 생각할 겨를도 없이 꼬마를 향해 튀어나갔다. 은기가 내 팔목을 잡아끌었는지 어땠는지는 모르겠다. 머릿속은 그저 막아야 한다는 생각뿐이었다.

"먹지마아아아!"

나는 고등어가 코를 처박은 참치캔을 냅다 걷어찼다. 그 바람에 깜짝 놀란 고등어가 날카롭게 하악질하며 담장을 넘어 도망쳤다. 내용물을 흩뿌리며 허공으로 날아간 참치캔은 담벼락에 부딪치고 나서 시멘트 바닥에 엎어졌다.

씩씩거리던 나는 꼬마의 멱살을 틀어쥐었다.

"대체 뭐 하는 짓이야. 미쳤어? 어?"

멱살을 잡힌 꼬마는 어이없다는 듯 하늘로 손바닥과 어깨를 들어 올렸다.

"충호 너였어? 휴, 너 때문에 도망쳐 버렸잖아." 웃음기 머금은 꼬마의 표정이 순간 표독스럽게 바뀌었다. "며칠을 공들였는데 너 때문에 망했어."

나는 어이가 없어 되물었다.

"무, 무슨 말이야? 망하다니…… 뭐가 망했는데?"

꼬마는 내 손을 쳐내 빠져나간 뒤 구겨진 셔츠의 카라를 정리했다.

"저 고양이에겐 강한 악귀가 씌어 있었어. 그냥 뒀다면 분명 친구에게 달라붙어 위해를 가했을 거라고." 꼬마가 손을 들어 나를 지목했다. "악귀를 없애려고 정성껏 준비한 일을 네가 나타나 망친 거야."

어이가 없었다. 악귀를 떼어내려고 고양이에게 쥐약을 먹인다고?

아랫배에서부터 참을 수 없는 분노가 밀려 올라왔다.

"지금 그 말을 나보고 믿으라는 거야? 귀신 타령은 그만 둬. 넌 그저 동물을 죽이려는 싸이코패스야. 그 이상도 이하도 아니라고."

순간 나는 경비 아저씨가 생각나 구토가 올라오려던 걸 겨우 참았다.

갑자기 꼬마가 웃음을 터트렸다. 그 조소에 기분이 몹시 나빠졌다.

"우, 웃지 마. 웃지 말라고."

내 말은 개의치 않고 한참을 웃어 젖힌 꼬마가 웃음을 뚝 그치고 나를 노려봤다. 그 기세에 등골이 서늘해졌지만 애써 내색하지 않으려 노력했다. 다시금 꼬마가 나를 지목하며 입을 뗐다.

"이거 어쩐다. 놈이 너한테 붙어버렸네."

"뭐, 뭐?"

멍하니 있던 나는 차츰 꼬마의 말이 이해되면서 얼굴에 몰려 있던 피가 한순간에 빠져나가는 걸 느꼈다. 관자놀이에 맺힌 식은땀이 볼을 타고 주르륵 흘러내렸다. 나도 모르게 꽉 깨문 입술에서 쇠 맛이 배어났다.

붙었다고? 나한테?

사고를 당한 친구들이 머릿속을 스쳐 지나갔다. 갑자기 세상이 빙글빙글 도는 것 같았다. 다리에 힘이 풀려 제대로 서 있을 수가 없었다.

꼬마는 신이 난 듯 입술을 이죽거렸다.

"얜 진짜 악질이야. 각오하는 게 좋을걸?"

꼬마가 비닐봉지를 챙겨 유유히 사라질 때까지 내 귓가에는 꼬마의 기분 나쁜 웃음소리가 계속해서 맴돌았다. 나는 그대로 땅바닥에 주저앉았다.

어쩌지, 어쩌지, 어쩌지, 어쩌지…….

머릿속으로 수만 가지 사고가 폭풍처럼 밀려들었다. 머리털이 쭈뼛 서고 온몸에 소름이 돋아났다. 등 뒤에 누가 있는 것만 같아 견딜 수 없었다.

"야, 괜찮아? 식은땀 봐."

어깨를 잡아끄는 은기 덕에 가까스로 현실로 돌아왔다.

"은, 은기야. 너도 들었어?"

은기가 심각한 얼굴로 고개를 끄덕였다. 은기는 억지로 나를 일으키지 않고 잠자코 나를 바라보기만 하다가 무겁게 입을 열었다.

"걱정 마." 은기는 얼이 빠진 나에게 손을 내밀었다. "소년 탐정단의 명예를 걸고 내가 꼬마의 거짓을 밝혀내겠어."

자신감 넘치는 은기의 눈빛 덕분에 떨림이 잦아들었다.

그동안 옆에서 지켜본 은기라면, 은기라면 해결해 줄 거라는 믿음이 온몸을 잠식한 어둠을 걷어내는 것 같았다.

"그래. 도와줘."

나는 은기가 내민 손을 잡고 몸을 일으켰다.

꼬마의 사고 예고를 받은 지 3일이 지났다.

횡단보도를 건널 때나 계단을 내려갈 때나, 작은 행동 하나까지 전보다 각별히 신경 썼다. 하지만 아직 이렇다 할 불행의 징조는 보이지 않고 있다.

시간이 지날수록 안정돼야 하지만 불안감이 고조되는 건

왜일까. 차라리 하루빨리 사고를 당하면 마음은 편해지지 않을까란 생각까지 들었다. 이대로라면 사고에 앞서 노이로제에 걸릴지도 모르겠다.

여전히 비어 있는 찬호와 민석의 자리를 보니 가슴이 조여온다.

믿었던 은기도 예측 불가능한 재난은 별도리가 없는지 이렇다 할 액션을 취하지 않았다. 아니, 방관 중이라고 해야 하나.

믿었던 은기의 무기력한 모습에 불안감이 치솟는다.

"충호, 왜 넋이 나갔냐? 옷 갈아입어. 강당 가야지."

은기의 부름에 상념에 잠겨 있던 난 현실로 돌아왔다.

지겹도록 내리는 장맛비에 운동장은 온통 진창이었다. 4교시 체육 수업을 받으러 우리는 언덕 위 강당으로 향했다. 학교 건물을 나오자 오전임에도 불구하고 우중충한 먹구름 탓에 해가 진 저녁 같았다.

"하아, 대체 누가 언덕배기에 강당을 지어놓은 거야."

"후우 후우. 계단 오르다 힘 다 빠지겠어."

친구들은 본관 뒤 강당으로 이어진 빽빽한 계단을 오르며 저마다 한 마디씩 불평을 쏟아낸다. 일일이 세보진 않았지만 이백 계단은 충분히 넘길 듯했다.

"야야, 비. 또 비 온다."

한 친구의 외침에 이어 친구들이 손등을 머리 위에 올리고 우루루 계단을 뛰어 올라갔다. 나는 그러거나 말거나 한 계단씩 천천히 걸음을 뗐다.

빗방울이 점점 굵어졌다. 비에 젖은 머리카락이 이마에 기분 나쁘게 달라붙는다. 문득 고개를 들다가 계단 끝에 선 꼬마와 눈이 마주쳤다. 녀석의 한쪽 입꼬리가 씨익 올라갔다. 이어서 엄지손가락으로 자신의 목을 일자로 그어 보인 녀석은 뒤돌아 유유히 사라졌다.

"뭐야, 씨……."

뭔가 말로 설명하기 어렵게 기분이 더러워졌다.

몸이 부르르 떨리며 오한이 일었다. 어깨부터 젖어 드는 체육복 때문인지 꼬마 녀석의 참수 제스처 때문인지 알 수가 없었다.

강당 스피커로 수업 시작종이 울리고 체육 선생님이 들어오셨다.

이번 체육 시간은 자유 시간이라는 말에 아이들이 환호성을 질렀다. 운 좋게도 우리 4반만 체육 시간인가 보다. 다른 학년의 아이들과 나눠 쓸 것 없이 온전히 강당을 사용할 수 있었다. 선생님은 볼일이 있다며 강당을 나가셨고 아이들은 저마다 축구공과 농구공, 배구공을 들고 놀기 시작했다.

나는 그 어디에도 낄 수가 없었다. 운동하다가 발목이라도 부러질까 두려웠다. 그저 꼬마와 가장 멀리 떨어진 자리에 앉아 친구들이 노는 모습을 지켜볼 뿐. 은기를 찾았으나 화장실이라도 갔는지 강당 안에는 보이지 않았다.

그렇게 몇십 분이 지났을까.

밀려오는 졸음에 꾸벅꾸벅 고개를 떨구는 사이,

한 친구의 갑작스러운 외침에 강당 안은 순식간에 아수라장이 됐다.

"부, 불이야!"

나는 퍼뜩 잠이 깨 엉거주춤 일어섰다. 땀을 흘리며 운동하던 아이들의 고개가 일제히 단상 쪽으로 향했다. 나 역시 눈을 비비고 단상을 살펴봤다.

"헉!"

정말로 단상 구석, 네트 같은 집기를 모아놓은 상자 속에서 하얀 연기가 피어올랐다. 그 순간 고막이 따가울 정도로 시끄러운 소방벨이 강당에 울려 퍼졌다.

"우아아아아아아!" 누군가의 고함소리. 한순간의 짧은 정적. 그리고 패닉에 휩싸인 아이들이 일제히 강당 출구를 향해 뛰기 시작했다.

우리 모두 소방안전교육과 대피 훈련을 받았음에도 지금 이 순간 줄을 지어 차례로 탈출하려는 아이는 단 한 명도 없었다.

나 역시 마찬가지였다. 꼬마의 저주가 화재임을 직감했다. 생살을 태우는 고통을 주는 화재는 사고 중에서도 최악의 사고가 아니던가. 아이들의 소란스러운 비명이 '삐' 하는 경고음으로 뒤바뀌었다. 풀리는 다리에 힘을 주려고 주먹으로 허벅지를 마구 쳤다.

같이 가. 얘들아, 나도…… 나도 같이 가.

앞서가는 아이들이 물결치듯 흐릿하게 보였다. 두 볼을 타고 흐르는 뜨거운 눈물을 느끼며 멀어지는 아이들을 향해 손을 허우적거렸다.

"안 돼. 정신 차리자."

'짝!' 두 볼에 작열한 얼얼한 통증에 조금이나마 정신이 맑아졌다.

스스로 볼을 때린 나는 심호흡을 하고 다시 친구들을 따라 출입구로 내달렸다.

좀비처럼 강당 입구에서 쏟아져 나온 아이들이 앞다퉈 계단을 내려가고 있었다. 나는 친구들에게 어깨를 치이며 계단 아래로 발을 내디뎠다. 중심을 잡으려 안간힘을 썼지만 생각처럼 쉽지 않았다. 내 앞으로 빽빽이, 더디게 내려가는 아이들의 등이 답답하게만 보였다.

느려. 너무 느리다고…….

조바심에 나란한 아이들 틈으로 두 손을 뻗어 앞지르려던 찰나.

한순간 눈앞이 캄캄해졌다.

미처 비명을 지를 새도 없었다.

갑작스럽게 내 등을 떠미는 힘 때문에 계단을 밟아야 할 왼발이 허공을 갈랐다.

완전히 중심을 잃어버린 나의 몸은 중력에 이끌려 계단 바닥으로 향했다.

＊

거짓말이 아니에요.

정말이라니까요.

전 더 큰 불행을 막으려고 경고했을 뿐이에요.

절 괴롭히던 아이들이 싫은 건 부정하지 않겠습니다.

하지만.

절대. 절대로…….

제가 그런 게 아니라고요.

＊

이마를 때리는 차가운 빗방울.

웅성거리는 목소리.

내 몸을 감싼 손길……

천천히 눈을 뜨자 익숙한 친구의 얼굴이 보였다.

그리고 등을 어루만지는 따스한 손길.

"괜찮아?"

고개를 돌리자 걱정스러운 얼굴의 은기가 있었다.

괜찮은 건가? 어째서인지 아픈 곳이 없었다.

천천히 고개를 끄덕이는데 왈칵 눈물이 차올랐다.

"어, 어떻게 된 거야?"

몹시 떨리는 목소리가 창피했다. 대답을 기다리는데 은기 뒤로 성난 표정의 꼬마가 아이들에게 잡힌 손목을 풀려고 거칠게 반항하고 있었다.

은기가 이마에 달라붙은 젖은 머리를 쓸어 올렸다.

"이거 놔. 당장 놓지 않으면 저주를 내릴 거야!"

은기가 악다구니를 치는 꼬마에게 눈짓을 보낸 뒤 내게, 그리고 4반 아이 모두에게 빙긋이 웃어 보이며 이야기를 시작했다.

"모두 꼬마의 짓이야."

잠시 말을 멈춘 은기가 아이들을 하나하나 둘러보고 말을 이었다.

"찬호와 민석 그리고 충호까지. 저주나 귀신의 짓이 아냐.

그런 말들로 우리를 현혹한 꼬마의 짓이었지."

여기저기서 탄식이 새어 나왔다.

우리는 쏟아지는 비를 맞으며 계단에 서서 은기가 풀어내는 추리에 귀를 기울였다.

"오토바이 사고, 육교 계단 추락 사고, 강당 계단 추락 미수까지. 일련의 사고가 하나의 패턴으로 시작되는 걸 너희는 눈치챘어?"

은기의 질문에 아이들은 묘한 표정을 지었다. 은기는 눈빛을 빛내며 말을 이었다.

"그다지 힘이 필요 없는, 초등학생인 우리도 충분히 만들어낼 수 있는 사고라는 거야. 타이밍만 맞추면 되거든. 피해자 몰래 숨어 있다가 결정적인 순간에 탁!"

은기가 두 손을 들어 앞으로 미는 시늉을 했다.

"아냐, 아니라고. 모두 악귀의 짓이라니까!"

은기는 꼬마의 말에 개의치 않고 계속 말했다.

"우선 첫 번째 찬호 사건부터 이야기해 보자. 꼬마는 찬호가 교문 근처 화단에서 주운 축구공을 보고 악귀가 씌었다고 했지. 정말로 그 축구공은 학교 밖에서 뺑소니를 당한 소년의 축구공인 것 같아. 사고 시간과 내역은 맞은편에 게시된 현수막에 자세히 쓰여 있어. 그러니 괴담을 빌드업하기에는 안성맞춤이었을 거야. 사고 당일 꼬마는 학원을 마치고 집으로 돌아가는 찬호의 뒤를 밟았을 거야. 그리고 오토바이가 지나가는 타이밍에 맞춰 횡단보도 앞에 서 있는 찬호의 등을 떠민 거지. 무방비 상태였던 찬호는 속수무책으로 당할 수밖에 없었어."

은기가 뒤를 돌아 꼬마를 매섭게 쳐다봤다.

"바로 너 때문에!"

아이들이 웅성거리기 시작했다.

"말도 안 돼."

"이거 진짜야? 모두가 거짓이었던 거야?"

"이거 봐. 난 처음부터 꼬마의 말이 거짓일 줄 알았어."

은기는 웅성거림이 잦아들 때까지 기다렸다가 다시 입을 열었다.

"두 번째, 민석 사건. 사 층 화장실 세 번째 칸을 쓴 민석에게 저주 예고를 내렸어. 민석이 세 번째 칸을 사용한 건 확실해. 당시 충호가 두 번째 칸에 있었거든."

갑작스러운 똥밍아웃에 두 볼이 화끈거렸다.

은기가 나를 보고 눈을 찡긋거리고 말을 이었다.

"자, 꼬마는 그 사실을 어떻게 알았을까. 사실 어렵지 않아. 남자 화장실과 여자 화장실은 시멘트벽을 사이에 두고 대칭형으로 지어져 있는데, 그 벽이 천장 끝까지 이어져 있지 않아. 눈여겨보지 않아 몰랐겠지만 천장 근처가 약간 뚫려 있거든. 그래서 의도치 않게 서로의 소음이 넘어오기도 하지."

은기는 엄지와 검지로 턱을 쓰다듬으며 말을 이었다.

"여자 화장실 세 번째 칸을 이용하던 꼬마가 우연히 뒤에서 들려온 민석의 말을 들었던 게 아닐까? 그때 꼬마는 생각했을 거야. 우진의 오른팔인 민석을 처리할 절호의 기회라고, 민석을 처리해버리면 더 이상 자신을 괴롭힐 사람은 없을 거라고 말이야. 충호가 들었던 출처를 알 수 없는 물소리는 화장실을 이용하던 꼬마가 용변 소리를 감추려고 틀어놓은 물소리였던 거야."

은기의 추리에 서서히 기억의 조각이 맞춰지기 시작했다. 그랬다. 분명 민석이 화장실에 들어오기 전에 흐르는 물소리가 들렸었다.

"소설을 쓰네. 소설을 써. 이래서 추리 덕후가 싫어. 단편적인 단서로 짜깁기한 추론을 마치 사실인 양 떠벌리거든."

"네가 할 소리는 아닌 것 같은데? 실체 없는 귀신을 핑계로 곤경에 빠지는 친구를 보며 즐기던 네가 말야."

은기의 응수에 꼬마의 눈빛이 이글이글 타올랐다. 하지만 눈빛과는 달리 은기의 말을 더 이상 반박하지는 않았다. 은기는 꼬마가 잠잠해진 뒤에야 다시 말을 이었다.

"꼬마는 민석에게 충분히 겁을 준 뒤, 일을 감행했어. 사고가 난 학교 왼편 육교는 지상으로 통하는 계단도 있지만 한 번에 올라갈 수 있는 장애인용 엘리베이터도 있어. 꼬마는 엘리베이터 안에서 민석이 오기를 기다리다가 등을 돌린 민석을 계단 아래로 떠밀고 문이 닫히기 직전 다시 엘리베이터를 타고 지상으로 내려가 반대편으로 도주했던 거야. 이건 민석에게 직접 확인했어. 갑자기 누군가에게 등을 떠밀려 계단을 굴렀다고. 정신이 없는 와중에 계단 위를 확인했지만 그곳엔 아무도 없었다고 말이야. 민석을 떠밀고 바로 몸을 숨기기 위해 장애인용 엘리베이터를 이용한 거지."

은기의 이야기를 듣는 꼬마의 얼굴이 점차 일그러졌다. 은기는 거침없이 추리를 계속했다.

"하이라이트는 바로 오늘, 충호의 사고 예고야. 이유는 모르겠지만 고등어를 죽이려던 꼬마는 충호에게 현장을 발각당하고 엉겁결에 악귀의 저주를 내렸어. 일단 예고를 했으니 충호의 사고를 조작해야 했겠지. 하지만 앞선 사고 탓에 겁을 집어먹은 충호는 평소와 다르게 신경이 곤두섰고 사소한 일 하나도 아주 조심스럽게 행동했어."

은기는 꼬마를 향해 턱짓하며 씨익 웃었다.

"아마 꼬마는 좀처럼 기회가 나지 않아 조바심이 났을 거야. 난 그걸 이용했어."

"대체 어떻게?"

나는 참지 못하고 도중에 끼어들었다.

 "충호, 너도 봤지? 집기들을 모아놓은 상자에서 피어오른 하얀 연기를."

 "어, 봤어. 그거 네가 한 거야?"

 "맞아. 훗, 드라이아이스를 상자 안에다 때려 부었어. 그리고 아이들을 동요시키려고 화재 경보를 눌렀지. 예상대로 강당은 순식간에 아수라장이 됐고. 너 나 할 거 없이 출입구로 뛰어가더군. 혼이 나간 아이들은 밀집한 채 미친 듯이 계단을 뛰어 내려갔어. 공포에 질린 충호 너도 뒤늦게 계단을 내려갔고. 꼬마가 그토록 원하던 무대가 완성된 순간이었지."

 "하하……."

 허탈한 웃음이 터져 나왔다. 모든 게 은기의 계획이었다니. 내게 힌트라도 조금 줄 수 있던 게 아닌가.

 내 생각을 간파하기라도 한듯 은기가 두 손을 모으고 변명했다.

 "충호 너한테 말하지 못한 건 미안해. 하지만 네가 알았다면 분명 어색한 연기에 꼬마가 눈치챘을 거야. 너 거짓말 더럽게 못 하잖아." 야속하지만 납득해 버렸다. "너뿐만 아니라 반 아이들 대부분이 모르고 있었어."

 "대부분?"

은기가 크게 고개를 주억거렸다.

"그래. 몇 명을 제외하고는 말이야." 은기가 여전히 나를 감싸고 있는 정하와 민욱 그리고 꼬마를 붙잡고 있는 수인과 승기에게 엄지를 추켜세웠다. "예상대로 꼬마는 어수선한 틈을 타 계단 아래로 충호의 등을 떠밀었어. 밀집한 좁은 공간에서 어깨를 움츠린 채 팔로만 떠밀면 충호 주변의 아이들이 볼 수도 없거니와 신경 쓸 겨를도 없었을 거야. 그래서 가짜 불 쇼에 앞서 미리 몇몇 애들과 말을 맞췄어."

정하와 민욱, 수인과 승기가 으쓱거리며 고개를 끄덕였다. 은기가 내 옆에 있는 정하의 어깨를 톡톡 두드렸다.

"대피할 때 충호 앞에 덩치가 있는 정하와 민욱이 서서 추락에 대비하고, 충호 뒤로 적당한 간격을 두고 수인과 승기가 서 있으라고 말했어. 수인과 승기는 일을 저지른 꼬마를 붙잡아두는 역할을 맡겼지."

중심을 잃고 쓰러지는 날 붙잡아 준 게 이 녀석들이구나. 양옆에 서 있는 정하와 민욱을 보니 새삼 고마움이 차올랐다. 하지만 어딘지 납득하기 힘들었다.

나는 고민하다 어렵게 입을 뗐다.

"아무리 그래도 이렇게 많은 친구들이 나와 꼬마를 둘러섰는데, 꼬마가 전혀 눈치채지 못했단 말이야?"

은기는 고개를 까딱거리며 검지를 세웠다.

"가능해. 너 보이지 않는 고릴라 실험이라고 들어봤어?"

속으로 은기의 말을 되뇌었지만 떠오르는 건 없었다. 주변의 친구들도 나와 마찬가지로 의아한 표정이었다. 나는 고개를 가로저었다.

"굉장히 유명한 선택적 지각 실험이야. 방법은 간단해. 실험자에게 짧은 동영상을 보여줘. 영상에서는 흰옷을 입은 세 사람의 그룹, 검은 옷을 입은 세 사람의 그룹이 각각 공을 하나씩 들고 있어. 그리고 같은 옷을 입은 사람끼리 공을 주고받는 거야. 그리고 이 두 그룹의 패스를 지켜보기 전에 실험자에게 미리 이렇게 질문해."

"질문? 어떤?"

"흰옷을 입은 그룹이 패스한 개수를 세어보라고. 그리고 공중 패스와 바운스 패스를 잘 관찰하라고 일러두지."

나는 고개를 갸우뚱거렸다.

"그게 다야? 너무 쉬운 거 아니야? 그냥 패스한 숫자만 세면 되는 거잖아."

은기는 검지를 좌우로 까딱거리며 말을 이었다.

"근데 사실 문제는 패스 숫자가 아니야. 두 그룹이 패스하는 중간에 고릴라 옷을 입은 사람이 난입해 가슴을 두드리는 퍼포먼스를 펼치거든." 은기의 입꼬리가 올라갔다. "그런데 히트는, 실험자는 그 고릴라를 보지 못한다는 거야. 아니, 패스하는 사이에 다른 무언가가 지나갔다는 사실조차 인지하지 못하는 거야. 실험 결과 오십팔 퍼센트의 사람이 고릴라를 보지 못했다고 했어."

"아." 은기의 말이 조금 이해되는 것도 같았다. "날 밀어 넘어뜨리려는 생각이 가득한 꼬마가 미처 주변을 보지 못했다는 말이구나."

"그렇지. 꼬마는 나무에만 집중하다가 숲을 보지 못하고 지나쳤다는 말이야."

설명을 모두 마친 은기가 천천히 손가락을 들어 꼬마를 지목했다.

"자, 넌 현장에서 검거됐어. 이래도 발뺌할 거야?"

"아냐. 아니라고! 내가 그런 게 아니라고!"

양팔을 붙들린 꼬마가 발버둥을 치며 소리를 질러댔다.

"와, 난 정말 꿈에도 생각 못 했어."

"그랬겠지. 겁에 질려 사색이 된 네가 무슨 생각을 했겠냐."

"너무 맞말이라 반박을 못 하겠네. 쳇."

"근데 뒷맛이 개운치가 않아."

"왜?"

"생각해봐. 꼬마가 반 아이들을 괴롭혔지만, 사실 먼저 꼬마를 괴롭힌 건 우리잖아. 꼬마가 벌인 일은 살려는 발버둥이 아니었을까."

"하아, 그렇긴 해. 선생님이 잘 판단하시기를 바라 보자."

"그건 그렇고. 사실 한 가지 이상한 게 있어."

"뭐가?"

"첫 번째 사건 말야."

"찬호 오토바이 사고? 그게 왜?"

"찬호한테도 물어봤거든, 사고 당시에 대해."

"근데?"

"횡단보도 앞에서 등이 떠밀려 차도로 넘어졌다고 했어."

"꼬마 녀석. 진짜 악질이네. 잘못하면 죽을 수도 있는 건데……."

"그런데 뺑소니범을 잡으려고 현수막도 붙였잖아."

"응, 오토바이 기사가 잡혔대?"

"그건 아닌데, 경찰서에 사고 당시 상황이 찍힌 블랙박스 영상 제보가 왔다나 봐."

"그럼 뺑소니범 잡는 건 시간문제겠네."

"그건 그렇지. 그런데 사고 당시에 말야……."

"사고 당시에 뭐? 뭔데 그렇게 뜸을 들여."

"꼬마는…… 없었대."

"뭐? 꼬마가 없었다고? 그게 무슨 말이야?"

"말 그대로야. 찬호의 등 뒤에는 아무도 없었다고. 혼자 차도로 넘어졌는데 그 모습이 정말로 보이지 않는 누군가가 밀어서 넘어진 것처럼 보였다나 봐."

"그럼, 정말로 원한을 품은 귀신의 짓이었다는 거야?"

"시대가 어느 시대인데 귀신은 무슨……. 분명 논리적이고 과학적으로 설명할 수 있는 방법이 있을 거야. 지금은 증거가 부족해서 설명하기 힘들지만 조금만 시간을 주면 내가……."

"야, 이건 난 그냥 안 들은 걸로 할래."

"야야. 쫄았냐? 귀신 아니라니까. 같이 가. 인마. 도망가지 말고."

＊

자세한 내용은 은기에게 전부 들었다고요?

모두 제가 벌인 일이라고요?

이제껏 무슨 얘길 들으신 거예요?

네? 징계위원회에 참석해야 하니 엄마를 학교로 모셔 오라고요?

푸흡. 큭큭.

참나. 역시, 당신도 다른 어른들과 똑같아.

모든 걸 이해한다는 얼굴로 자신을 포장하지만, 그 이면에는 추악하고 이기적인 마음을 감춰두고 있지. 차라리 대놓고 적의를 드러내는 멍청한 애새끼들이 훨씬 낫다니까.

솔직히 말해봐. 당신 내가 왕따였다는 거 알고 있었잖아. 안 그래?

그런 역겨운 표정 짓지 마. 지금 몰랐다고 말하려는 건 아니지?

보고도 못 본 척. 알고도 모른 척. 위선과 가식으로 가득 찬 네 눈에는 이 시퍼런 멍 자국이 안 보였겠지.

알아. 솔직히 바라지도 않았다고. 그래서 그런 거야.

내가 살려고. 내가 스스로 살길을 찾으려 했던 거야.

그게 잘못이야? 그게 잘못이냐고.

흥분하지 말고 진정하라고? 나한테?

도저히 말이 안 통하는군.

내가 재미있는 이야기 하나 해줄까? 지금까지 했던 이야기보다 훨씬 재미있는 이야기니까 똑똑히 들어보라고.

당신, 상담질 한 지 몇 년이랬지? 십오 년? 이십 년?

그래그래. 십팔 년이랬지. 이 두 평 남짓한 작은 공간에서 책상 하나를 사이에 두고 얼마나 많은 아이들의 고민을 들어줬겠어.

자신의 고민을 귀 기울여 들어주니 아이들은 또 얼마나 고마워했을까.

이거 봐, 이거 봐. 당신의 그 오만한 표정을 보니 역겨워지는군.

미소.

미소라는 이름 알지?

내가 그 아일 어떻게 아냐고? 참나, 이렇다니까. 여태까지 내 말을 들은 거 맞아?

나는 보여. 볼 수 있다고.

당신 옆에 있잖아. 당신이 앉은 의자 바로 옆에 말야.

이제 와서 두리번거릴 것 없어. 처음부터 당신 숨결이 닿을 정도로 가까운 거리에서 당신을 노려보고 있었으니까.

그러고 보니 미소 언니의 희고 가녀린 목을 파고든 파란색 체크 넥타이……. 지금 당신이 메고 있는 넥타이와 똑같은데? 의미 있는 넥타이였나 보지? 똑같은 걸로 하나 더 구매할 정도로 말이야.

와아, 당신 진짜 개 쓰레기잖아. 미소 언니가 내게 들려준 말을 다른 선생님과 교장 선생님에게 알리면 과연 무슨 일이 벌어질까?

어머, 당신 지금 떨어? 땀은 왜 이렇게 흘리실까.

자자, 진정하시고 내 말 잘 들어요. 선.생.님.

어차피 당신도 정년까지는 계속 선생질을 하고 싶을 거 아냐. 안 그래요?

우리 서로 피곤하게 이러지 말고요.

이쯤에서 협상할까요?

선생님이 제 사건을 책임지고 묻어준다면 나도 상담실에
서 일어났던 일은 모른 척하기로요.

어때요? 솔깃하지 않나요? 네?

에필로그

영정 속 은기의 할머니가 푸근한 웃음을 머금고 있다.

나는 서둘러 두 손바닥을 마주하고 고개를 숙였다.

"죄송해요. 진숙 할머니."

사실 할머니를 그렇게 묘사할 생각은 없었다.

하지만 내가 도움을 구하려고 산에서 내려간 다음 일어난 일을 당시 은기에게 전해 듣고 나자 할머니는 내 안에서 프로페셔널 킬러로 자리 잡기에 충분했다.

"용서해주실 거죠?"

진숙 할머니 덕분에 나와 은기는 목숨을 구할 수 있었다.

지금에서야 느끼지만 결코 아름다운 추억이 아니다.

추억 보정을 걷어내면 지금도 몸서리가 쳐지는 위험천만

한 순간이었다.

과연 초등학교 3학년의 그 여름뿐일까.

이제는 확실히 알 것 같다.

나와 은기.

그리고 우리가 함께 겪었던 모든 일들.

초등 6년간 은기와 함께 했던 사건들. 그 모든 추억들.

우리를 구해준 진숙 할머니, 아빠를 따라간 우식이, 이레와 타임캡슐, 시골의 무당집, 명탐정 코난과 키 작은 꼬마까지…….

그 추억들이 내 안에서 너무나 많이 미화되어 있었음을 성인이 된 지금에서야 비로소 깨달았다.

나의 유년 시절은,

내가 속했던 세상은 너무나 냉혹하고 냉정했음을 이제는 뼈저리게 안다.

그럼에도 초등 학교 시절의 나 그리고 은기는,

천안 초등학교 소년 탐정단, 줄여서 초소년 그리고 세상의 규칙과 관념을 초월한 초소년이었다.

그리고 이 작품집을 빌어 모두에게 그렇게 기억되리라 믿어 의심치 않을 것이다.

작가 후기

어느덧 네 번째 단독집입니다. 2020년 등단 이후로 4년이 지났네요.

처음 글을 쓰기 시작했을 때 마음먹었던 결심과 생각들이 서서히 바뀌어 갑니다.

저는 그동안 재미있는 소설을 쓰자고 생각했습니다. 그리고 그 마음은 지금도 그대로입니다. 다만 좀 더 많은 분이 재미있게 읽을 수 있는 글을 써보자라는 생각이 《초소년》에 반영되었습니다.

유년 시절은 때때로 미화되곤 합니다. 하지만 그 추억을 조금만 더 깊이 들여다보면 마냥 아름답지만은 않았다는 걸 깨닫게 됩니다.

《초소년》은 초등학생의 눈으로 바라본 비정하고 냉혹한 세상을 그리고 있습니다.

유년 시절의 아름다웠던 추억을 깨뜨리려는 의도는 없습니다. 그저 초등생의 조금은 위험한 성장담을 그리고 싶었습니다.

모쪼록 은기와 충호의 모험을 함께 해주셨으면 좋겠습니다.

책을 출간해 주신 빚은책들, 좋은 작품을 위해 함께 고심해주신 이상모 편집부장님, 언제나 아낌없는 도움과 응원을 주시는 선배, 동료 작가님들 모두 감사드립니다.

마지막으로 이 책을 읽어주신 여러분께 감사의 인사를 전합니다.